Mago Bernar

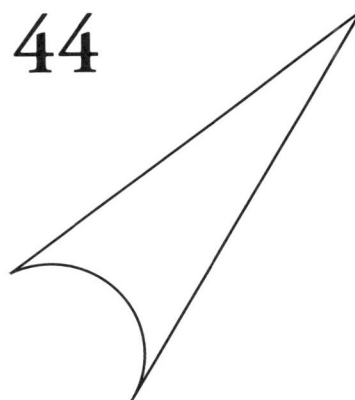

WERNER S. BERGFELD

Mago Bernar

Die Geschichte
eines Zauberers

Bibliografische Information der Deutschen Nationalbibliothek:
Die Deutsche Nationalbibliothek verzeichnet diese Publikation
in der Deutschen Nationalbibliografie; detaillierte bibliografische
Daten sind im Internet über
< http: // dnb.d-nb.de > abrufbar.

© 2007 Werner S. Bergfeld
Satz, Umschlaggestaltung, Herstellung und Verlag: Books on Demand GmbH,
Norderstedt
ISBN: 978-3-8334-7952-6

Inhaltsverzeichnis

Vorwort

Es war schon ein Zufall, als ich in Palma de Mallorca auf dem Flugplatz unlängst Werner traf. Meine Frau und ich hatten auf Mallorca im Rahmen eines Flugs nach Spanien Zwischenstation gemacht, und da stand Werner plötzlich vor mir, den ich schon längere Zeit nicht mehr gesehen hatte. Nach der Wiedersehensfreude erfuhren wir, dass er hier Fuß gefasst hatte – als Zauberer natürlich – und wohl ganz zufrieden in seiner neuen Heimat war. Hatte er doch eine ziemlich aufregende Vergangenheit hinter sich gelassen. Während unseres Gesprächs erfuhr ich auch, dass er die Absicht hätte, alles das aufzuschreiben, was er in den zurückliegenden Jahren so erlebt hat – die Höhen und Tiefen eines Zaubererlebens. Seine Aufzeichnungen liegen nun in diesem Büchlein vor, und Sie, lieber Leser, können nachvollziehen, dass sie spannend sind und hin und wieder auch zum Schmunzeln Anlass geben. –

Ich kam erstmalig 1963 mit Werner in Berührung, nämlich im Rahmen einer Sitzung des Erfurter Zauberzirkels. Im gleichen Jahr war ich in die Reihen der Zirkelmitglieder aufgenommen worden (Damals war Walter Umlauf Vorsitzender.), als Werner Bergfeld – gerade mal 15 Jahre alt – mit einigen Zauberkunststücken die Anwesenden so erfreute, dass seiner Aufnahme als jüngstem Mitglied nichts im Wege stand. Besonders fiel uns auf, wie gewand er sich bei seinem Vortrag auszudrücken verstand, obwohl er ja noch über keinerlei Erfahrungen verfügte. Im Laufe der Zeit seiner regelmäßigen Zirkelbesuche konnten wir dann feststellen, dass er geradezu besessen die Zauberei betrieb, sich kritische Bemerkungen der älteren Zauberfreunde zu Herzen nahm und an sich arbeitete. Nach und nach wurde uns immer mehr bewusst, dass die Zauberei für Werner kein Strohfeuer war, sondern dass er sich das Ziel gesteckt hatte, einmal Berufszauberer zu werden. Und dieses Ziel erreichte er auch, als man ihm 1978 den Berufsausweis zuerkannte, dessen Erwerb in der damaligen DDR gar nicht so einfach war! Zuvor konnte er schon zahlreiche Auftritte mit verschiedenen Programmen – später sogar mit Assistentinnen – für sich verbuchen. 1973 errang Werner sogar einen beachtenswerten 3. Platz in der Sparte Illusionen auf einem Kongress in Prag!

Ein Schatten auf seine Magierlaufbahn fiel im Zusammenhang seines Zauberschlösschen-Projektes kurz nach der Wende: Hatte er doch mit viel Engagement im Thüringer Gräfenhain aus einer ehemaligen Gaststätte ein „Zauberschlösschen" geschaffen, das zu einem beliebten Treffpunkt von Zauberern und ihrem Publikum werden sollte. Es gab dort eine gepflegte Restauration, einen Saal mit Bühne, einen Biergarten usw.. Leider musste Werner 1994 das Projekt aus mancherlei widrigen Umständen aufgeben. – Doch das alles und auch die überwiegenden erfreulicheren Erlebnisse und Begebenheiten seiner Laufbahn als Zauberkünstler können Sie, lieber Leser, in der folgenden Lektüre nachvollziehen.

Werner Bergfelds Leitsatz war und ist stets gewesen: Sollte ich noch einmal auf die Welt kommen, werde ich wieder Zauberer…

In diesem Sinne wünsche ich Ihnen viel Vergnügen bei der Lektüre seiner Aufzeichnungen.

Wolfgang Großkopf   Im November 2006

Gründerzeit

eboren wurde ich, Werner Bergfeld, am 23. Dezember 1948 in Halle an der Saale. Es war an einem Donnerstag, ich entsinne mich noch genau – ein Tag vorher war Mittwoch.

Meine Eltern heißen Siegfried Bergfeld und Martha Bergfeld, geborene Breitenstein. Schon bei der Anmeldung meiner Geburt beim Standesamt muss es magisch zugegangen sein. Meine Mutter wollte, dass ich Werner heiße, mein Vater bestand darauf, dass ich, wie er, Siegfried heiße. Und so hatte er die „blendende Idee". Er meldete mich als Werner Arno Siegfried Bergfeld an, Rufname Siegfried. Meine Mutter war nun im festen Glauben, ihr Sohn heißt Werner.

Von diesem Umstand erfuhr ich erst im Alter von vierzehn Jahren, als ich meinen ersten Personalausweis stolz mit Werner Bergfeld unterschrieb.

Dieser Ausweis war natürlich ungültig und zwei Wochen später bekam ich einen neuen Ausweis: Siegfried Bergfeld.

Dieses „mal Werner, mal Siegfried" sollte mich in meinem späteren Leben immer wieder verfolgen:

Als ich in der Baumwollspinnerei von Leinefelde, Thüringen, arbeitete, hatte ich zeitweise zwei Versicherungsausweise, einen für Werner, einen für Siegfried.

Und noch eine Episode fällt mir dazu ein: Mit meiner ersten Ehefrau – Marietta – kam ich in eine Polizeikontrolle. Der Polizist kontrollierte den Ausweis und fragte mich nach meinem Namen. Zeitgleich antworteten meine Frau „Werner" und ich „Siegfried". Jeder Leser wird verstehen, dass die nun folgende Befragung etwas länger dauerte. Wir waren mitten in den 70er Jahren der DDR.

Jetzt bin ich aber etwas vom Thema abgekommen.

Ich habe einen Bruder mit Namen Klaus, eigentlich Klaus Dieter. Auch bei ihm lief nicht alles glatt. Den Dieter hat man ihm später aberkannt. Meine Schwester heißt Christa, wird aber von allen Maria genannt. Ja, wir sind schon eine zauberhafte Familie.

Meine früheste Kindheitserinnerung ist Folgende:

Meine Eltern zogen mit uns drei Kindern Anfang der 50er Jahre nach Mühlhausen in Thüringen, wo ich auch 1955 eingeschult wurde.

Unsere erste Wohnung befand sich am Untermarkt.

Es muss im Winter 1952 oder 1953 gewesen sein. Auf alle Fälle war es kalt, schweinekalt. Und da Nachkriegszeit, gab es nichts, davon allerdings sehr viel. Mein Vater hatte irgendwie auf dem schwarzen Markt Essbrettchen besorgt. Nun galt es, diese an den Mann zu bringen.

Wer aber braucht Essbrettchen, wenn man nicht weiß, was man darauf legen soll? An einem kalten Wintertag wurden deshalb alle Essbrettchen (Motive Schwein, Hund, Kuh etc.) dem Ofen anvertraut. Diese lustigen Holzfiguren waren aber mein einziges Spielzeug. Ich heulte Rotz und Wasser, aber es war warm.

Ein anderes Kindheitserlebnis kenne ich nur noch vom Erzählen meiner Mutter. Jemand hatte einige Nägel auf dem Fußboden liegen lassen. Ich saß auf meinem Nachttopf und verrichtete mein großes Geschäft, da sah ich die Nägel. Und wo steckt man die hinein? Meiner Meinung nach in eine Steckdose. Die befand sich am Nächsten. Ein folgenschwerer Irrtum meinerseits. Noch heute habe ich großen Respekt vor allem, was mit Elektrizität zu tun hat.

Mein nächstes größeres Erlebnis war die Einschulung. Den ersten Tag mit Zuckertüte und Feiern fand ich noch gut. Die nächsten zehn Jahre sollten mir jedoch schwer zu schaffen machen.

Am Schönsten an der Schulzeit fand ich die Ferien. Unterricht war nicht so mein Ding. Natürlich war ich der Klassenkaspar. Wenn es um Blödsinn ging, war ich immer ein Ansprechpartner. Wenn es um freies Sprechen ging, hatte ich Hemmungen. Vornstehen und ein Gedicht aufsagen war mir ein Gräuel. Heute habe ich da weniger Hemmungen.

Wir wurden damals in Kinderferienlager geschickt (drei Wochen für 20 Mark). Ich entsinne mich noch des Ortes: Bärenstein im Erzgebirge.

Und hier sah ich auch den ersten Zauberer meines Lebens.

Zauberer wollte ich auch mal werden, das war mein Traum. Bis dahin sollte jedoch noch viel Wasser die Unstrut herabfließen.

Als ich dreizehn Jahre war, verzog die Familie nach Prerow / Darss. Mein Vater fungierte dort im Hotel Central als Hauptbuchhalter, Hausmeister und Mädchen für alles. Meine Mutter gab die Küchenchefin. Ich versuchte von der 7. in die 8. Klasse zu gelangen. Es klappte.

Viel interessanter als Schule waren die Bunten Abende im Hotel.

Wir hatten im selben Haus eine kleine Wohnung und so konnte ich die einzelnen Abende anschauen: Begrüßungsabend, Abschlussabend, maritimer Abend, Tanzabend und den Zauberabend.

Das war natürlich für mich das Größte. Noch heute entsinne ich mich an die allerersten Zauberer, die ich dort sah. Es waren Rolf Rolando und Jochen Zmeck. Und ich wollte ja wissen, wie die das machen. Das war doch meine Welt, das war meine Zukunft. Das hatte ich mir mit dreizehn Jahren vorgenommen.

Und so half ich beim Ausladen der Requisiten aus dem Auto mit. Später, beim Aufbauen auf der Bühne, schickte man mich weg. Warum nur, habe ich mich immer wieder gefragt. Das fand ich zu dieser Zeit sehr schlecht.

Also besorgte ich mir ein Fernglas und schaute beim nächsten Mal aus der Kinoluke von oben dem jeweiligen Zauberer beim Aufbauen zu. Dies half natürlich, meinen Wissensstand ungemein zu verbessern. Als ich dann noch erfuhr, dass es eine Firma bei Berlin gibt, die Zauberrequisiten verkaufte, war es mit mir vorbei. So etwas kostet aber Geld. Mein erstes Taschengeld wanderte denn auch gleich zur Firma Heinz Jacobi, damals noch Vogelsdorf bei Berlin.

Viele Jahre später lernte ich dann Heinz Jacobi persönlich kennen.

Nach dessen Tode bekam ich von dessen Frau einige Ordner mit Korrespondenz, Literatur und vielen Fotos. Alles befindet sich heute wohlgeordnet in zwei Alben und einem dicken Sammelhefter.

Die Zeit in Prerow / Darss war für mich der Anstoß, Zauberer zu werden.

Meine Eltern kauften sich von ihrem ersten verdienten Geld (eine Saison) einen Schwarz-Weiß-Fernseher. Das Bild muss nicht viel größer als eine Postkarte gewesen sein, aber wir hatten jetzt einen Fernseher.

Aber dann ging es wieder zurück nach Mühlhausen. Mein Vater half mir beim Bau und Kauf meiner ersten Requisiten. Was das Zaubern anbetrifft, bin ich der erste in der Dynastie. Von meinem Vater habe ich die Gabe des Unterhaltens geerbt. Er kannte keine Note, konnte aber jeden Titel aus dem Radio nach einigen Minuten Probe nachspielen.

Unvergessen ist mir, wenn er „Rebeckchen und Herr Silberstein" sang. Mit Perücke, langen Handschuhen und einem urkomischen Gesicht.

Vorn auf der Bühne stehen, die Leute unterhalten – ja, das konnte er gut. In der Nachkriegszeit spielte er auf Familienfeiern und bei Bekannten.

Ohne Geld – nur für Kaffee und Zigaretten. Viele Jahre später sagte mir mal ein Nachbar, auf dessen Hochzeit er gespielt hatte, besser wäre es gewesen, ein Honorar auszuhandeln. Ich entsinne mich, wie mein Vater 7 x die Woche aufhören wollte zu rauchen. Zigarettengeld war ein fester Bestandteil im knapp bemessenen Haushaltsbudget meiner Mutter.

Kaffee und Zigaretten waren ja auch zu jener Zeit nicht ganz billig, sondern stellten einen gewissen Luxus dar.

Also wieder zurück nach Mühlhausen, ich wollte unbedingt in der Zauberei weiterkommen. Und so versuchte ich, viele entsprechende Kontakte zu knüpfen. In Mühlhausen gab es vor allem zwei Zauberer, die ich kennenlernte.

Zum einen Erich Dupree, ein Hundezüchter, der die Zauberei als Hobby betrieb, und Karl Heinz Tiepelmann aus Großengottern. Auch er betrieb die Zauberei als Hobby und versuchte, mit seinem Kurzwarengeschäft zu überleben. Beiden habe ich sehr viel zu verdanken. Vom Herrn Karl Tiepelmann bekam ich die Anschrift des Magischen Zirkels in Erfurt. Dieser wurde 1962 gegründet. Im September 1963 machte ich dort meine Aufnahmeprüfung und wurde ohne die übliche Kandidatenzeit am selben Abend im Alter von fünfzehn Jahren aufgenommen. Ich war stolz wie Bolle und schon hatte ich zwei Wochen später meine ersten Visitenkarten mit der Aufschrift „Werner Bergfeld – moderne Magie".

Kapitel III

Nun stand für mich felsenfest – ich werde Profi-Zauberer.
Ich war Mitglied im Magischen Zirkel, ich hatte eigene Visitenkarten – was sollte mir nun noch passieren?

Aber da war ja noch die Schule, die ich zum Abschluss bringen musste. Mein damaliger Klassenlehrer sagt mir einmal: „Du musst deine Fissimatentchen sein lassen, das hat keine Zukunft."

Es mussten viele Jahre vergehen, bis ich ihn einmal wiedertraf und ihn vom Gegenteil überzeugen durfte. Nach unserem Gespräch fuhren wir nach Hause, er mit seinem Moped, ich mit meinem Volvo (in der DDR eine Rarität). Das war kurz vor der Wende.

Jugendzeit

nser Treff im Magischen Zirkel fand jeden dritten Mittwoch im Monat in Erfurt statt, und so fuhr ich nun Monat für Monat dorthin. Leider blieben mir pro Besuch nur zwei Stunden Zeit. Der letzte Zug nach Mühlhausen fuhr um 22.30 Uhr, und da unsere Versammlung erst gegen 20.00 Uhr begann, verliefen diese zwei Stunden wie im Fluge. Aber es waren kostbare Stunden und ich war in dieser Zeit ein wissbegieriger Schüler. Gern denke ich noch an unseren ersten Vorsitzenden Walter Umlauf zurück.

Seit dieser Zeit kenne ich auch Wolfgang Großkopf, Bert Rex, Roland und Ronald, meinen späteren Mentor Rudolf Stubbe Stubbonelli, Rewil-Budapest, aber auch Rudi und Uwe Güldner, um nur einige dieser Zirkelmitglieder zu nennen. Mit den meisten bin ich auch heute noch gut befreundet. Zuletzt sahen wir uns im September 2001 zum 40- jährigen Bestehen des Erfurter Zirkels. Fast alle Zauberfreunde kamen zu dieser Feier. Alle zwei Monate gab es die Fachzeitschrift „Zauberkunst", später lernte ich noch die „Magie" und die „Magische Welt" kennen.

Die Zauberkunst erscheint seit 1955 und steht komplett gebunden in meinem Bücherschrank, ebenso die Magische Welt (ab 1952), die Intermagic (ab 1973) und die MAGIE (ab 1918). Zauberbücher, Zauberzeitschriften, Zauberkataloge zu sammeln, hat sich zu meinem Hobby entwickelt. Besonderes Interesse habe ich für die Geschichte der Zauberei, das Leben der früheren Zauberer, ihr Wirken. Besonders stolz bin ich auf meine bescheidene Kalanag-Sammlung. Seit 1976 übe ich die Zauberei hauptberuflich aus.

Doch zurück zum Jahr 1965. Ich war in der 10. Klasse und versuchte, auch diese zu schaffen. Ein Mädel aus meiner

Nachbarschaft fragte mich, ob ich Lust hätte, in einem Ensemble zu zaubern. Natürlich hatte ich. Und so lernte ich Bruno Kießling kennen. Er leitete das Arbeiter-Varieté Mühlhausen. Den Stamm bildete eine Sportgruppe. Am 8.Mai 1965 hatte ich meinen ersten Auftritt in Mühlhausen in der Gaststätte am Stadtberg auf der Freilichtbühne. Von da an ging es langsam bergauf. Wochenende für Wochenende „Mugge" zu machen, das war schon was. („Mugge" ist ein Fachbegriff unter Artisten und Künstlern und bedeutet im wörtlichen Sinn „Veranstaltung – Musik gegen Geld" und soll noch aus der Kaiserzeit stammen). Nach Wahrig „Wörterbuch der deutschen Sprache" heißt es „Mucke (bes. ostdeutsch) einen Nebenverdienst einbringende Tätigkeit eines Musiker".

Man bekommt Routine und natürlich auch Geld.

Ich bekam pro Veranstaltung sechs Mark, später acht Mark, am Ende war ich in der höchsten Klasse mit zehn Mark pro Abend. DDR-Mark wohlgemerkt.

Mein Auftritt dauerte circa zehn Minuten und bestand aus folgenden Tricks: Eierbeutel, Stehseil, Lichtetui, Handschelle und Ringspiel. Das sind alles Klassiker und jeder Zuschauer hat bestimmt schon mal einen Zauberer gesehen, der scheinbar mühelos acht Ringe miteinander verketten kann. (Immer noch mein Lieblingstrick.)

Wir waren viel unterwegs. Zu meinen schönsten Erinnerungen gehören eine Woche Knappensee mit Segeln und ein Wochenende in Potsdam. Zum Ensemble in Mühlhausen gehörte ich bis 1968.

Zwischendurch machte ich eine Lehre als Baumaschinist. Das Berufsbild umfasst Baumaschinen reparieren und bedienen. Das erste Lehrjahr war Schlosserausbildung, also Sägen, Bohren, Fräsen. Ich wurde dann im 2. Lehrjahr als Kranfahrer geschult und fuhr einen Rapid I. Das ist ein Kran, wie er im

Wohnungsbau benutzt wird, und man musste außen an der Leiter hochklettern.

Ich arbeitete auf Großbaustellen in Erfurt. Das Positive war, dass ich mich wieder in Erfurt befand und immer zu meinem Zauberzirkel gehen konnte. Dann hatte ich ein 18-monatiges „Gastspiel" in Erfurt auf dem Steiger. Das war meine Militärzeit, an die ich mich nur ungern entsinne. Im dortigen Ensemble zauberte ich auch ein wenig mit, aber mein Hauptfeldwebel hatte keinen Sinn für Unterhaltung. Das letzte halbe Jahr meiner Armeezeit konnte ich mich als Kellner im Offizierscasino verdingen. So waren die Nachmittage nicht mit Stuben- und Revierreinigung verunstaltet.

Der einziges Gewinn während meiner Armeezeit war der Erwerb der Fahrerlaubnis Klasse 5, also für LKW und PKW.

Einmal zauberte ich für russische Soldaten: Dazu musste ich die Requisiten aus Mühlhausen holen, bekam eine Woche Urlaub, um meinen Text auf Russisch zu lernen. Mein Hauptfeldwebel wollte das nicht, weshalb ich zum Regimentskommandeur ging. Dieser klärte es zu meiner Zufriedenheit. Von da an war ich nun der Liebling des Hauptfeldwebels. Einmal fragte mich dieser, wie es mir bei der Armee gefällt. Ich antwortete: „Jeden Tag besser." Er brüllte mich an, ob ich ihn verarschen wolle (wortwörtliches Zitat). „Nein", sagte ich ehrlich. „Am ersten Tag gefiel es mir gar nicht, jeden Tag wird es besser. Und am letzten Tag wird es mir hier am Allerbesten gefallen."

Es fiel ihm schwer mir zu folgen, aber eigentlich wollte ich über diese Zeit gar nicht so viele Worte verlieren. Ab Mai 1965 führte ich Buch über meine Veranstaltungen. Zunächst führte ich eine kleine Statistik auf Ormig-Abzugsblättern, heute natürlich alles per Computer.

So habe ich bis jetzt in meinem Leben über 5900 Mal (Ende 2006) auf der Bühne gestanden.

Meinem Ziel, als Profi auf der Bühne zu stehen, war ich damals noch weit entfernt. Es sollten noch sieben Jahre vergehen.

Erst mal nichts tun, darauf hatte ich mich achtzehn Monate lang gefreut.

Und so lernte ich in Mühlhausen meine erste Ehefrau Marietta und spätere langjährige Partnerin auf der Bühne kennen. Es war der 11. 11. 1969, ein Tag mit Folgen.

Anlaufzeit

s war im Frühjahr 1970 und ich mühte mich um Arbeit. Auf den Bau wollte ich nicht zurück. Da ich das letzte halbe Jahr als Kellner im Offizierscasino tätig war, stieg ich in die Gastronomie ein. Ich arbeitete in verschiedenen Gaststätten in Mühlhausen als Kellner, am Schwanenteich auch als Büfettier. Im Schwanenteich, einem Ausflugslokal mit Saal, fanden an den Wochenenden auch Veranstaltungen statt. Ich hatte zwar eine Beschäftigung, aber ich wollte auf der Bühne stehen. Dann nahm ich an einem Ausscheid von Heinz Quermann teil (Fernsehen der DDR). „Herzklopfen kostenlos". Das war eine Talenteschmiede, und viele Unterhaltungskünstler hatten sich hier ihre ersten Sporen verdient.

Ich schaffte es leider nur bis zum Vorausscheid. Bis zum Fernsehen reichte es noch nicht. Ich war unglücklich.

Wochen später am Schwanenteich stellte sich ein Herr Müller vor.

Er war der Abteilungsleiter für Kultur in der Baumwollspinnerei in Leinefelde. Er hatte mich beim Ausscheid gesehen und wollte mich für sein Ensemble in der Baumwollspinnerei Leinefelde haben.

Die Entfernung von Mühlhausen nach Leinefelde beträgt circa 30 Kilometer. Und so machte ich meinen ersten Probeauftritt und war ab da der Zauberer des Leinefelder Ensembles. Ich bekam im Betrieb einen Job als Lagerverwalter in der Grobküche (Vorbereitungsküche). Waren bestellen, Lagern, Ausliefern, das waren jetzt meine Aufgaben. Die Spinnerei beschäftigte damals etwa 4.500 Personen. Sie war der größte Arbeitgeber in der Region. Ich erhielt knapp 600 Mark netto, bekam eine Wohnung mit zwei Zimmern, Küche Bad und Fernheizung für

56 Mark Miete. Die Wohnung erhielt ich nach drei Monaten Wartezeit, eine für damalige Verhältnisse kurze Zeit. Ich fuhr drei Monate lang jeden Tag von Mühlhausen nach Leinefelde und zurück mit dem Motorrad. Allerdings auch im Winter bei 15 Grad Minus. So wurde ich zum Dringlichkeitsfall und bekam die Wohnung. Und ich hatte regelmäßig Veranstaltungen. Dieses Ensemble wurde gut geführt. Es gab eine Betriebscombo, verschiedene artistische Darbietungen, Sänger, Sängerin, einen Moderator, einen Messerwerfer mit Namen Gilbert und mich als Zauberer. Zwischendurch heiratete ich Marietta Wiegand und unsere erste gemeinsame Anschaffung war unser Sohn Tobias (geb. am 27.03.1971).

Ich baute meine kleine Schau etwas größer auf und erhielt einen Assistenten mit Namen Matthias.

Sein Zwillingsbruder hieß Thomas. Beide arbeiteten im gleichen Betrieb.

Ich wusste nur von der Existenz des anderen. Ich kam per Zufall darauf, als die Küchenchefin mir sagte, dass da ein Lehrling sei, der bis zu fünf Mal Nachschlag holt. Es war aber so, dass jeder nur zwei Mal aß. Bezahlt hat aber nur einer. Not macht erfinderisch. Zwillinge und Zauberei – wenn das

Wie wohl alle Zauberer, begann auch Werner mit geschickten Manipulationen, Kartenkunststücken und – wie hier als 14jähriger – mit dem Chicagoer Vier-Billard-ball-Trick.

Eine der elf Illusionen des Leinefelder Zirkels, die auch in der „Nacht der Prominenten" mit Bergfelds Requisiten gezeigte „Längszersägung eines Mädchens".

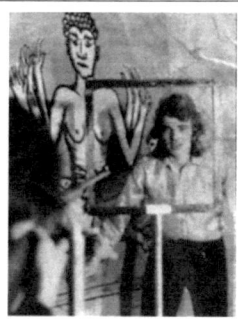

Mathias Gebhardt fängt eine vorher von den Zuschauern gekennzeichnete und dann von Werner Bergfeld durch eine Glasscheibe geschossene Gewehrkugel mit den Zähnen auf.

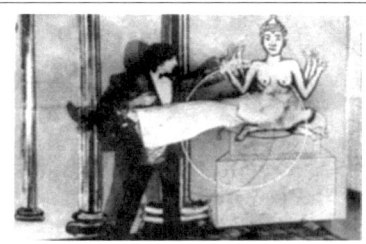

nichts wird. Matthias schlug vor, eine Assistentin einzubauen. Er hatte auch schon eine ausgeguckt. Sie hieß Ulrike. Später kamen noch ein Techniker und ein weiterer Assistent dazu. Zwei Jahre später verlobte sich Matthias mit Ulrike in Karlovy Vary (Karlsbad) auf einem Zauberkongress. Sie sind noch heute verheiratet. Das letzte Mal haben wir uns im Jahr 2001 auf Mallorca gesehen.

In dieser Zeit baute ich meine erste abendfüllende Schau auf. An Illusionen bauten wir damals die Fluchtkiste (Personentausch von zwei Personen aus einer verschlossenen Kiste), die Zig Zag-Illusion (Dreiteilung einer Dame), die Schwebende Dame, eine Fantasta zum Personenerscheinen, eine Durchdringungsillusion mit Namen „Die eiserne Minna" und die Längszersägung einer Dame.

Requisiten wurden im Betrieb gebaut. Es gab eine Tischlerei, eine Schlosserei, eine Malerei. Ich lieferte die Ideen, gebaut und finanziert hat alles der Betrieb. Mit dem Ensemble arbeiteten wir nicht nur in unserer Region. Einmal besuchten wir Rostock und zauberten auf dem Partnerschiff „MS Eichsfeld". Es gab viele tolle Erlebnisse. Zwei Mal waren wir zu Besuch in der Slowakei in Rucomberok. Das war der Partnerbetrieb der Baumwollspinnerei in der Slowakei. Für mich eine schöne

Zeit, alles lief während unserer normalen Arbeitszeit. Ich war ja richtig im Betrieb angestellt und die Fahrt inklusive Veranstaltung liefen nebenbei.

Dann fuhren wir das erste Mal zu einem Zauberkongress. Es war 1973 in Prag und wir lernten zum ersten Mal Zauberer aus dem Ausland kennen. Unser Betrieb, die Baumwollspinnerei, finanzierte uns den Transport mit einem Kleintransporter und die Hotelkosten. Wir wurden für den Zeitraum freigestellt, brauchten keinen Urlaub zu nehmen.

Bei diesem Kongress starteten Zauberer aus zehn Staaten. Wir bewarben uns in der Sparte Illusionen und konnten auf Anhieb einen dritten Platz erringen

Natürlich waren wir stolz, mit einer Medaille nach Hause zu kommen.

Wir sahen unter anderem eine tolle Show des Norwegers Jan Crosby.

Bei der Vorführung des Kugelfanges durfte ich den Probeschuss auf der Bühne abgeben und die Waffe kontrollieren. Ich kannte diese Illusion schon vom Namen her und nun stand ich plötzlich auf der Bühne.

Es war ein eingreifendes Erlebnis.

In Prag waren wir noch mehrmals, aber das erste Mal 1973 war unser schönstes Erlebnis. Wieder zu Hause, kam ein Anruf vom DDR-Fernsehen im Betrieb. Man hatte von uns gehört und lud uns ein zur „Nacht der Prominenten". Die Fernsehmoderatorin Erika Radke und der Schauspieler Dieter Mann führten durch das Programm, bekannte Namen der DDR-Unterhaltungskunst führten Darbietungen bekannter Künstler vor.

Vera Schneidenbach sensationell auf dem Motorrad beim Looping de loop, der Schauspieler Rolf Römer mit den schwarzen Tigern und natürlich unser Beitrag. Erika Radke und Dieter Mann zeigten die schwebende Dame und die Längszersägung einer Dame.

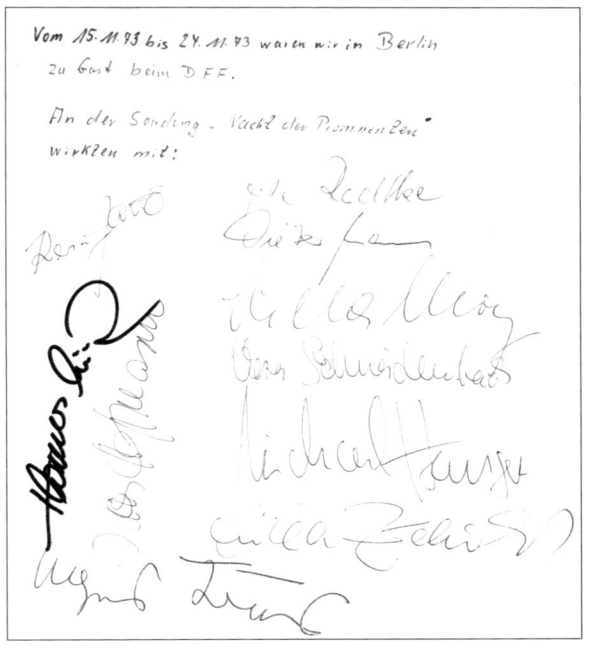

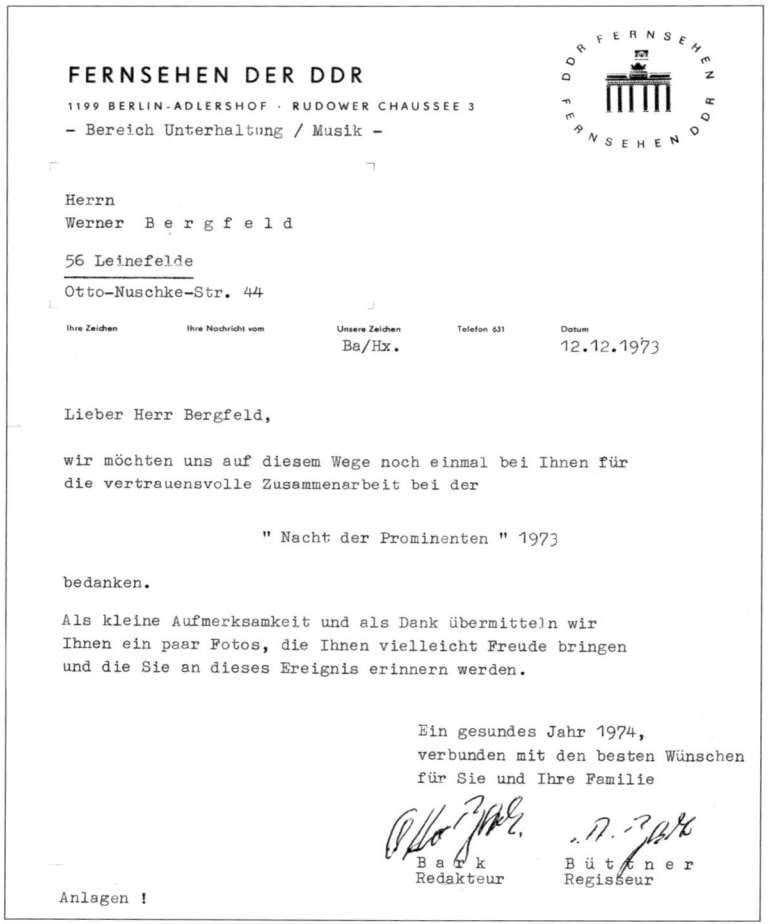

FERNSEHEN DER DDR

1199 BERLIN-ADLERSHOF · RUDOWER CHAUSSEE 3
- Bereich Unterhaltung / Musik -

Herrn
Werner   B e r g f e l d

56 Leinefelde

Otto-Nuschke-Str. 44

Ihre Zeichen	Ihre Nachricht vom	Unsere Zeichen	Telefon 631	Datum
		Ba/Hx.		12.12.1973

Lieber Herr Bergfeld,

wir möchten uns auf diesem Wege noch einmal bei Ihnen für
die vertrauensvolle Zusammenarbeit bei der

" Nacht der Prominenten " 1973

bedanken.

Als kleine Aufmerksamkeit und als Dank übermitteln wir
Ihnen ein paar Fotos, die Ihnen vielleicht Freude bringen
und die Sie an dieses Ereignis erinnern werden.

Ein gesundes Jahr 1974,
verbunden mit den besten Wünschen
für Sie und Ihre Familie

B a r k   B ü t t n e r
Redakteur   Regisseur

Anlagen !

Ich war zu diesem Zeitpunkt gerade mal 24 Jahre alt. Mein
Assistent Matthias (einer der Zwillinge) war ebenfalls dabei.

Ein Jahr später fuhren wir nach Karlovy Vary. Hier waren
über 30 Nationen vertreten. Wir starteten wieder bei den Illusionen, leider war nur der vierte Platz drin. Der erste Platz ging
an ein Ensemble des Koreanischen Staatszirkus, das Beste, was
ich bis zu diesem Zeitpunkt gesehen hatte.

Für uns ein großartiges Erlebnis, unser Betrieb finanzierte unser Hobby und wir wurden von der Arbeit freigestellt. Das alles so funktionierte, verdankten wir dem damaligen Direktor des Betriebs, Siegfried Lohse, leider inzwischen verstorben. Auf Mallorca traf ich seine Cousine. Per Zufall kamen wir über den Dialekt, Thüringen, Eichsfeld, Leinefelde ins Gespräch. Dann sagte sie, dass ihr Cousin dort in der Baumwollspinnerei Direktor war. Auf den Kopf zu sagte ich: „Siegfried Lohse und seine Frau Edith." Ja, so klein ist die Welt. Der Baumwollspinnerei habe ich sehr viel zu verdanken, in jeder Hinsicht. Es war die nächste, wichtigste und letzte Stufe auf dem Weg zum Profi. Aber immerhin sollten noch zwei bis drei Jahre vergehen. Zwischendurch Werkstatttage der Zauberkunst in Suhl, Zaubertreffen in Schwedt, Dresden. Auch entsinne ich mich an eine Fahrt nach Polen. Es muss Anfang der 70er Jahre gewesen sein. Mit der Betriebscombo fuhren wir für einige Tage nach Bydgoszcz (Bromberg). Auf der Fahrt machten wir unsere erste Rast an der Autobahnraststätte in Köckern. Und hier passierte es. Aus meinem Auto, einem Wolga Kombi, wurde unsere gesamte Bühnen- und Privatgarderobe gestohlen. Auch mein neuer Frack war weg. Schaden circa 3.000 Mark. Was macht ein Zauberer ohne Garderobe?

In Polen lieh mir der Chef eines Orchesters seinen Frack.

Dieser war aber einige Größen zu groß. So wurde er hinten mit Sicherheitsnadeln zusammengesteckt. Von vorn sah alles gut aus.

Unsere polnischen Gastgeber waren sehr stolz, dass der Diebstahl schon auf deutschem Boden passierte. Die Versicherung zahlte, ich habe die Sachen nie wiedergesehen.

Viele Freundschaften entstanden in dieser Zeit. Aus dieser Zeit kenne ich auch die Zauberfreunde Arno Vorwerk und Peter Schreiber. Zuletzt trafen wir uns im Jahr 2001 auf Mallorca. Sie besuchten uns bei einer Veranstaltung.

Zu den meisten Zauberfreunden habe ich auch heute noch guten Kontakt. Roland Mak traf ich vor einigen Jahren auf Mallorca wieder.

Ab 1974 hatten wir auch schon mit der KGD Erfurt zu tun. Die KGD (Konzert und Gastspieldirektion) Erfurt war die Agentur, die die Veranstaltungen für den Bezirk Erfurt tätigte und nur Profis vermittelte. Hin und wieder gab es dann schon mal einen Termin für uns. Zwischendurch kaufte ich mir auch meinen ersten PKW, einen F8, später einen F8 Kombi.

Die Autos wurden größer und teurer, allerdings auch die Reparaturen.

Für mein erstes Auto suchte ich dringend ein Ersatzrad. Ich kaufte den F8 für 600 Mark, allerdings nur mit vier Rädern. Eines Tages fragte mich einer meiner Arbeitskollegen, ob ich auch ein Rad für 25 Mark nehme.

Nicht neu, aber gut erhalten. Der Haken an der Sache war, ich durfte nicht fragen, woher das Rad war. Ich willigte ein und kaufte das Rad für 25 Mark. Nach der Arbeit gingen wir noch auf ein Bier, diese 25 Mark sollten gleich vertrunken werden. Natürlich willigte ich auch zum Bier ein. Auf dem Parkplatz vor dem Betrieb stand mein F8 aufgebockt; ein Rad fehlte, ich hatte mein eigenes Rad gekauft. Alle lachten, ich dann später auch. Wir hatten viel Spaß in dieser Zeit, Streiche und Blödsinn aushecken stand auf der Tagesordnung.

Wieder zurück zur Zauberei.

Nach Preisen in Prag, Auftritten für die KGD und unserem Fernsehauftritt bei der Nacht der Prominenten kannte man uns in unserer Region.

Noch waren wir Amateure, aber die Zeit war reif. Ich spürte es förmlich. Ich wollte unbedingt Profi werden.

1976 - 1989 Meine Zeit

 s muss im Sommer oder Herbst 1975 gewesen sein. Ein Anruf von der Konzert und Gastspieldirektion Erfurt, Abteilung Aus- und Weiterbildung.

Mit großen Erwartungen und Hoffnungen fuhr ich nach Erfurt.

Die KGD fragte mich, ob ich Profi werden wollte. Natürlich wollte ich.

Meine Frau Marietta war gerade zu einer Kur nördlich von Berlin. Eigens für eine Probeveranstaltung unterbrach sie die Kur und kam nach Erfurt.

Unsere Probe kam gut an und wir vereinbarten ab Januar 1976 die Zusammenarbeit auf Grundlage eines sogenannten Fördervertrages.

Man muss Folgendes vorausschicken. Zur damaligen Zeit war es nicht möglich, ohne Weiteres Zauber-Profi zu werden. Man musste eine Prüfung ablegen. Heute ist es für jeden möglich, sich eine goldene Visitenkarte drucken zu lassen, Magier Pimpinelli zu nennen, mit tollen Fotos zu werben, auf denen man mit dem König von Hamudistan oder einem adoptierten Prinzen zu sehen ist.

Oder man ist zumindest Europameister der Mentalmagie.

Im Osten war das nicht möglich. Nur eine Zulassung, ausgestellt von einer Prüfungskommission, berechtigte einen Zauberer, öffentlich gegen Honorar aufzutreten.

Es gab drei Honorarstufen:

		Solo	Duo
A	Profi	120 Mark	180 Mark
B	Spitzendarbietung im Land	180 Mark	300 Mark
C	International anerkannt; Gagen mir nicht genau bekannt, aber höher		

Meines Wissens hatten nur sechs Zauberer in der DDR die Leistungsstufe C.

Außerdem gab es die Zwischenstufen AB und BC und es gab die freie Vereinbarung.

Und so war ich denn ab dem 1.01.1976 Profi mit Fördervertrag.

Die erste Prüfung von Marietta und mir innerhalb einer Tanzveranstaltung mit einer Hardrockband war etwas unglücklich gewählt. Wir durften in der Pause mit unserer Mentaldarbietung arbeiten. Der Misserfolg stand eigentlich schon vorher fest.

Und so arbeiteten wir auf unseren nächsten Abnahmetermin zu.

Zwischendurch bekamen wir einen Mentor, meinen Zauberfreund Rudi Stubbe - Stubbonelli.

Das war ein alter Theatermann und er hatte auch die Pappe (Jargon für „Berufsausweis") als Zauberer.

Gut gerüstet gingen wir zur nächsten Abnahmeveranstaltung.

Unsere Mentaldarbietung kam gut beim Publikum an. Doch die Jury lehnte ab. Was war passiert? In der Jury saß eine Dame als Fachbeirat aus Leipzig. Sie zeigte mit ihrem Partner eine ähnliche Darbietung.

Ihrer Meinung nach war unsere Darbietung nicht gut, meiner Meinung nach sah sie uns als Konkurrenten. Wir waren sehr enttäuscht. Wir starteten neu mit einem neuen Mentor, meinem Zauberfreund Marko aus Grimmen. Er wohnte früher in Großengottern bei Mühlhausen.

Ihm habe ich letztendlich zu verdanken, dass ich für meine beiden Darbietungen die Pappe bekam. Mit ihm bauten wir eine weitere Darbietung auf, eine Taubendarbietung: Tauben erscheinen, verschwinden, verwandeln sich zum Schluss in eine Krähe, später dann in eine Ente. Zwischendurch Billardballmanipulation und Gehstöcke, welche erscheinen und verschwinden.

Dann schrieb ich noch einen Brief an das Ministerium für Kultur in Berlin. Ich stellte die ganze Situation noch einmal aus meiner Sicht dar und wies auch darauf hin, dass ich nicht gewillt war, nach einem weiteren Prüfungsdurchfall in die Produktion zurückgeführt zu werden. Ich wollte unbedingt meinen Berufsausweis als Lohn für meine Arbeit in den Händen halten. Eine neue Abnahmeveranstaltung wurde angesetzt. Es war der 26.06.1978. Der Geburtstag meiner Mutter. Die Veranstaltung fand im Kino Alhambra in Erfurt statt. Das Publikum war öffentlich, ein Großteil Rentner. Rentner sind immer ein dankbares Publikum. Sie kamen umsonst rein. Und dankten es mit Applaus. Dieses Mal saß als Fachmann für Zauberei mein langjähriger Zauberfreund Günther Ludewig in der Jury. Wir kannten uns schon aus dem Erfurter Zirkel, er wechselte später nach Jena. Er sagte mir vor der Abnahme Folgendes: „Ich kenne deine ganze Geschichte. Mach dein Ding, bau keinen Mist, mach eine ordentliche Darbietung und du hast heute Abend deine Pappe." Gesagt, getan.

Unsere Arbeit kam gut an, das Publikum applaudierte. Doch was sagte die Jury? Alle Akteure des Abends saßen in einem Vorraum und warteten auf die Beurteilung der Jury.

Der erste kam heraus mit hängendem Kopf, ebenso der zweite.

Wir waren die dritten.

Der Direktor sah uns beide mit todernstem Gesicht an. Stille im Raum. Dann: „Geschafft, freut euch." Und wir freuten uns!!!

Als Steinbock hat man einen langen Weg zu gehen, viele Klippen – aber der Steinbock fällt immer wieder auf die Füße. Ich halte nichts von Astrologie, aber in meinem Fall funktionierte es bis heute immer wieder.

Draußen hatte man meinen Brüller schon gehört. Nun waren wir endlich nach zwei Jahren und sechs Monaten Fördervertrag richtige Profis.

Dieser Fördervertrag beinhaltete ebenfalls Sprecherziehung bei Frau Rembd in Erfurt. Jeden Montag am Vormittag drei Stunden Balaba, Balabe, Balabi, Balabo, Balabu. Weiterhin Bewegungslehre am Theater, Mimik,Gestik.

Alles wurde von der KGD bezahlt. Als ich das erste Mal nach der Wende „im Westen" war, um mich als Zauberer vorzustellen, fragte man mich ob ich „im Osten" schon Profi war. Ich zeigte dem Chef der Agentur meine Pappe. Und ich bekam Aufträge. Die Meinung des Chefs der Künstleragentur: „Mit Profis aus dem Osten haben wir bis jetzt nur gute Erfahrung gemacht." Die Pappe hatte auch im Westen Gewicht.

Während der Zeit des Fördervertrags hatten wir ein festes monatliches Einkommen, unabhängig von der Anzahl der Veranstaltungen. Nun begann ich, systematisch die einzelnen KGDs der Bezirke anzuschreiben. Aus heutiger Sicht war unser erstes PR-Material sehr spartanisch. Es gelang uns, nach und nach in den einzelnen Bezirken Fuß zu fassen. In den Bezirken

Erfurt (Heimatbezirk) und Gera und Suhl als Nachbarbezirken hatten wir gute Kontakte und arbeiteten dort auch viel. Später kamen noch Karl Marx Stadt (heute wieder Chemnitz), Frankfurt / Oder, Schwerin und Rostock dazu. Mit dem Tourneeprogramm „Tempo, Täuschung und Musik" tourten wir durch den Bezirk Leipzig und später auch in anderen Bezirken. Für dieses Programm hatte ich mein erstes Buch für ein Tourneeprogramm geschrieben, als Begleitband die Gerhard Fritsch Formation. Gerhard Fritsch, der sich später als Misseur Malheur bis heute einen Namen gemacht hat.

Nach und nach entstanden verschiedene Veranstaltungsformen:

Unser Kinderprogramm „Spaß mit Zauberer Werner und Clown Noni", unser Erwachsenenprogramm „Zaubern müsste man können", beides in einer Zwei-Personenfassung. Oder wir arbeiteten mit unseren zwei Darbietungen „Werner S. Bergfeld & Mariett – humorvoll verpackte Zaubereien", bzw. als „Duo Bergfeld Mentalmagie (Mit Ehefrau Marietta)". Wir bekamen zunächst die Leistungstufe „A", später die „AB", und nach Teilnahme am Interpretenwettbewerb in Karl Marx Stadt die Stufe „B" zuerkannt. Das war dann schon Mitte der 80er Jahre.

Im Erwachsenenprogramm kam später ein Assistent dazu. Er schlüpfte in die Figur des Butler James. Später übernahm ein Mühlhäuser, Alfred Grabe, genannt Paul, diesen Part, und unser Techniker Hans Dampf war für die Gags zuständig. Wir sind jetzt in den 80er Jahren, unser eigenes Programm verkaufte sich gut unter dem Namen „Tempo, Täuschung und Musik". Im Bezirk Leipzig passierte uns Folgendes: Laut Spielhandlung rief ich öfters den Butler.

Ich: „James?" Er: „Sie haben gerufen?" Dann gab ich ihm eine Anweisung, etwas zu holen, oder von A nach B zu schieben. Sein Text: „Wie Sie meinen."

"Duo Bergfeld"

Herrn
W. S. Bergfeld

5700 Mühlhausen
Windeberger Str. 9o

Ihre Nachricht vom	Unsere Zeichen	1020 BERLIN 1 7 Jan 1985
Betrifft:	sa-scz	Molkenmarkt 1-3

Sehr geehrter Herr Bergfeld!

Den Mitgliedern der Zentralen Honorarkommission für Unterhaltungskunst des Ministeriums für Kultur lag Ihr Antrag zur Bestätigung
Ihres Leistungshonorares B-Duo mit neuer Partnerin zur Beratung vor.

Im Ergebnis der Beratung wird Ihnen Ihre bisherige Leistungsstufe
B-Duo (18o,-- bis 3oo,-- M) mit Margitta Baumann als neue Partnerin
bestätigt.

Bitte setzen Sie sich umgehend mit Ihrer zuständigen Bezirkskommission
für Unterhaltungskunst Erfurt in Verbindung und lassen Sie sich die
notwendigen Änderungen in Ihren Zulassungsdokumenten eintragen.

Für Ihre künstlerische Arbeit auf der Bühne der Unterhaltungskunst
wünschen wir Ihnen weiterhin viel Erfolg.

Mit sozialistischem Gruß

Peter Bosse   Bodo Zabel
Vorsitzender der   Leiter der
ZHK   Abteilung

Sein gesamter Text während der Show waren nur: „Sie haben
gerufen" und „Wie Sie meinen". Und eines Tages passierte es.
Es war im Bezirk Leipzig bei einer Frauentagsfeier. Die Zu-
schauerinnen waren schon leicht lustig und Butler James kam
gut an. Eine Kellnerin fiel mit einem Tablett voller Gläser hin.
Alles schaute entsetzt zur Kellnerin.

Da steht James neben mir und fragt: „Sie haben geläutet?"

Das Publikum brüllte und ich hatte Tränen in den Augen (vor Lachen). Noch Monate lang mussten wir lachen, wenn wir an besagter Stelle im Programm ankamen.

Im Jahr 1980 starteten wir mit unserer Mental in Karlovy Vary. Die Darbietung lief in Deutsch, Englisch und Tschechisch.

Ich hatte extra bei einem Privatlehrer alles auf Tschechisch gelernt.

Wir bekamen den ersten Preis.

Doch leider ging nicht alles immer so lustig zu.

Meine Partnerin und Frau sowie ich hatten mitunter sehr unterschiedliche Auffassungen zu verschiedenen Themen. 1983 ließen wir uns scheiden.

Während ihres Urlaubs lernte ich Margitta Baumann im schönen Eichsfeld in Lengenfeld / Stein kennen. Mit dabei zwei Töchter Xandra (damals zehn Jahre) und Wanda-Cäcilia (damals vier Jahre).

Im Laufe des Gesprächs erfuhr ich, dass Frau Baumann frisch geschieden war. Sie arbeitete in Cottbus am Konservatorium als Geigenlehrerin. Geige passte gut ins Programm, zwei Kinder noch dazu macht drei. Mein Sohn Tobias blieb nach der Scheidung von Marietta bei mir. Und so zog Frau Baumann mit einem Uralt-Trabbi und ihren zwei Kindern zu mir nach Mühlhausen. Die

Mentaldarbietung beherrschte sie sehr schnell, und ab Sommer 1984 arbeiteten wir beide im Rostock mit einem Tournee-Programm. Die Prüfung als Assistentin bestand sie mit Bravour.

Aber inzwischen ist Marietta mit einem langjährigen ehemaligen Zauberfreund sehr glücklich verheiratet.

Unser damaliges Programm im Bezirk Rostock lief mit uns, der Six Band aus Gera, der Biegedame (Äquilibristik) Miss Gisela und der Sängerin Gerda Gabriel aus Erfurt. Neulich habe ich sie erst wieder im Fernsehen erlebt. Unser Programm lief Land auf und Land ab. Nur in westliche Richtung ging es nicht. Ich hatte mehrmals versucht, ein Engagement ins westliche Ausland zu bekommen. Leider vergeblich. Erstens musste man linientreu sein. Die Verantwortlichen mussten die Gewissheit haben, dass man wiederkommt. Die DDR-Künstler, die schon mal im NSW (DDR-Deutsch für „Nichtsozialistisches Wirtschaftsgebiet") waren und wiederkamen, waren dann natürlich im Osten gut dran.

Aber man muss erst einmal drüben gewesen sein. Und so versuchte ich es immer wieder. Die Zauber-Kongresse in Karlovy Vary und Prag waren ideal, Verbindungen zu knüpfen. Aber man musste aufpassen. Die Firma „Horch und Guck" war überall, auch innerhalb des Magischen Zirkels, auch innerhalb der Künstler und Sportler, wie jeder weiß. Nach der Wende schaute ich meine Stasi-Unterlagen an. Heute weiß ich, wer damals schon gehorcht hat.

Meine Schwester (Verwandtschaft 1.Grades) war vor dem Bau der Mauer, etwa 1959, zum Besuch unseres Onkels in die BRD gefahren und hatte doch vergessen wiederzukommen. Nun ja, warten war ich ja gewohnt, aber die Wende war noch weit.

Und wer konnte im Jahre 1985 z. B. die Wende voraussagen??

Kein Hellseher, kein Wahrsager und ....
auch kein Mentalmagier.

1985 waren wir wieder in Karlovy Vary.

Dieses Mal gingen wir mit der Houdini-Entfesselung aus der Wasserkanne an den Start. Mit meinem damaligen Assistenten Hans Dampf bauten wir eine Entfesselungsdarbietung auf. Hans Dampf hieß jetzt Dieter White und machte einen auf seriös. Für diese Illusion gab es einen Sonderpreis.

GITTA ᴅᴅʀ

Die Geige von Margitta Baumann hatten wir ebenfalls ins Programm eingebaut. Einmal als lustige Darbietung mit Kostümverwandlung, einmal als Country Lady oder aber als klassisch. Alles mit Halbplayback.

Wir hatten eine eigene Tonanlage der Firma Vermona, später sogar mit ZECK Boxen Nachbau etc. Und wir arbeiteten mit eigenem Licht. Für die damalige Zeit schon recht erstaunlich. Die Technik aus dem Westen war für uns nicht machbar. Eins zu Zehn war ein gängiger Umrechnungskurs.

Und so gingen die Jahre ins Land, die Kinder wurden größer und meine Vorstellung, ein eigenes Unternehmen zu haben, wuchs immer mehr.

Im Laufe der Zeit, das heißt bis zum Ende der DDR 1989, hatte ich mit meinen Autos über eine Million Kilometer gefahren. Jetzt, da ich diese Zeilen schreibe, fahre ich einen Ford Transit, mein 31. Auto.

Meine Vorstellung von einem eigenen Haus:

Irgendwo an der Ostsee, eventuell. Insel Rügen, sollte mein Haus entstehen. Eine Kreuzung aus magischem Kabarett, Varietee inklusive Disco für das Publikum ab 40. Diese Idee reifte ständig in mir. Ich hatte in Mühlhausen ein Haus mit Garten und Swimming Pool, wenn wir auf Tournee waren, wohnten wir zum Teil in den schlimmsten Häusern. Besonders Magdeburg ist mir da noch in böser Erinnerung. Es gab ja noch die Inter-Hotels.

Die waren allerdings teurer. Und so hielt ich Ausschau nach den verschiedensten Objekten. Eine lustige Erinnerung ist mir noch aus dem ländlichen Bereich des Bezirks Gera im Gedächtnis. Wir arbeiteten für eine LPG (Landwirtschaftliche Produktionsgenossenschaft). Nach dem Programm gab es ein tolles Abendessen. Schlachtfest nach Thüringer Art. Aber zuerst zur Vorgeschichte:

Bevor das Programm begann, waren alle Akteure hinter der Bühne in einem Garderobenraum versammelt. Im Saal fanden die obligatorischen politischen Reden statt. Wir hatten zwar zu trinken bekommen, aber wohin damit? Toiletten waren nicht in der Nähe und das Waschbecken war tabu. Das Fenster war im 1. Stock und zu hoch, um nach draußen zu klettern.

Aber immerhin ein Fenster. Und unten stand eine Regentonne.

Wir standen oben am Fenster und zielten in die Tonne mit Regenwasser. Nicht gerade schön, aber die einzige Lösung. Das war vor der Veranstaltung.

Diese lief gut und hinterher großes Buffet: Sauerkraut, Bratwürstchen, Leber, Blutwurst etc. Alles war da. Auch die Gurken, Zwiebeln und Salate fehlten nicht. Ganz besonders stolz war der Gaststättenleiter auf die Gurken. Diese werden, so sein Geheimrezept, einen Tag vorher noch mal in eine Tonne mit Regenwasser gelegt. Wir schauten uns alle an und wussten nicht, ob wir nun lachen sollten oder nicht.

Der leicht salzige, eigenartige Geschmack der Gurken war noch lange Gesprächsthema.

Noch eine Episode aus dieser Zeit. Wir waren in Dresden zu einer Veranstaltung. Unser Fahrzeug war ein Wartburg mit Anhänger. Die Jenaer Berge waren dem zu viel. Die Kopfdichtung war durch. Ein Kraftfahrer hielt an und nahm uns mit seinem Fahrzeug (alter Wartburg 311)ins Schlepp (inklusive. Hänger). Alles bei strömendem Regen. Wir fuhren in sein Dorf, er wechselte innerhalb einer Stunde die Kopfdichtung. Seine Frau brachte zwischendurch heißen Kaffee und belegte Brote. Alles, ohne eine Mark Geld zu nehmen. Diese Art Nächstenhilfe findet man heute sicherlich kaum noch. Eine ähnliche andere Geschichte. Auch die Jenaer Berge und Glatteis ohne Ende. Abends in Erfurt die Veranstaltung war schon geplatzt. Das stand fest. Aber die Nacht war kalt und zehn Stunden im Auto sind auch kein Vergnügen. Eine Familie aus Umpferstedt nahm uns mit und so konnten wir diese Nacht im Warmen verbringen. Das letzte Erlebnis dieser Art war am Sylvester 1980 / 81. Plötzlich Glatteis ohne Vorwarnung. Alles stand fest. Wir ließen unser Auto stehen und liefen in Richtung Gotha. Nach drei Kilometern morgens um drei Uhr in Gotha angekommen, klingelte ich noch an einem Haus mit Licht. Man nahm uns auf. Marietta und ich waren total durchgefroren. Das erste Glas Wodka lief wie Öl, die nächsten dann auch. Dieser Tag ging in die DDR-Geschichte ein. Es war der Tag, als alles in der DDR glatt lief (Original Ost-Humor). Nach einer Stunde konnte ich auch wieder die Finger bewegen. Später wurde dann gezaubert, danach gab es Frühstück.

Ein Dankeschön allen Helfern, die uns in den unterschiedlichsten Situationen selbstlos geholfen haben. Wer meine Autos kannte, wusste, dass Pannen vorprogrammiert waren. Aber wenn bei 30 Grad Minus die Benzinpumpe einfriert, hat man auch mit einem neuen Auto kaum Chancen. Und so ging ein Jahr ins nächste.

Ich machte meine Muggen, stellte in regelmäßigen Abständen meinen Antrag, um „im Westen" Mugge machen zu können. Alles vergeblich.

Eines Tages erzählten mir zwei Nachbarn unabhängig Folgendes:

Die Stasi war da und hatte sich über uns erkundigt. Familienverhältnisse, Haus, Kinder und ob wir eventuell wiederkommen würden. Später rief mich noch ein Zauberfreund aus Berlin an (in Zauberkreisen nicht unbekannt) und fragte mich ähnliches. Seit dieser Zeit weiß ich, dass auch er für „die Firma" zuarbeitete. Für mich aber ein gutes Zeichen. Denn nun würde sich bald etwas tun. Einige Zeit später eröffnete mir die Konzert- und Gastspieldirektion, dass ich Reisekader sei. Das hieß, bei entsprechender Anfrage konnte ich im Westen arbeiten. Nun war es Gewissheit.

Im Sommer 1989 wusste ich, bald kann ich auch in den Westen fahren.

Mein erster Vertrag in Westdeutschland war für den 6.12.1989 in Wermelskirchen datiert. Doch vorher kam laut Kalender noch der 9.11.1989. Ein geschichtliches Datum. Jetzt konnten alle fahren!!!

Die Grenze war offen und ich brauchte nicht mehr die Künstleragentur in Berlin, die ausschließlich für den Auslandseinsatz zuständig war.

Doch was sollte uns die Zukunft bringen? Sollte es für alle besser werden? Ich bin später oft von Westdeutschen gefragt worden, ob es nun nach der Wende für mich besser oder schlechter geworden ist. Diese Frage kann ich persönlich nur mit einem eindeutigen Jein beantworten.

In der DDR hatte ich persönlich gut zu tun, kannte das Wort Existenzangst nicht.

Ich war sozial abgesichert, hatte ein Haus, eine Familie. Mir ging es gut.

Bis zu diesem Zeitpunkt kannte ich nur die CSSR, Polen und ich war zwei Mal in Ungarn. Heute kenne ich fast ganz Europa, wohnte zwei Jahre in Tunesien, habe auf Kreuzfahrt-Schiffen als Zauberer gearbeitet, u.a. Westafrika Tour bis Ghana, Nordlandfahrt mit Island oder Ostseefahrt bis St. Petersburg.

Seit 1998 wohne und arbeite ich in Mallorca / Spanien. Das hätte ich 1988 nicht glauben können.

Hinterher weiß man, was man verkehrt gemacht hat. Aus Fehlern lernt man bekanntlich. Der größte Fehler meines Lebens war es, der Sparkasse Unstrut Hainich in Mühlhausen zu vertrauen.

Wie es dazu kam, dem verschlägt es die Sprache. Gewöhnt an die Verhältnisse in der DDR, geht man von Vertrauen im Umgang mit Banken aus. Dass dies in Wendezeiten nicht immer richtig war, merkt man erst später.

1990 - 1995 Nachwendezeit

it der DDR und unseren Veranstaltungen ging es immer weiter bergab. Was tun? Meine Frau Margitta schulte als Verkäuferin für Opel um. Ich versuchte noch, einige Muggen zu organisieren. Aber da war ja noch mein Traum vom eigenen Unternehmen. In dieser Zeit schaute ich mir 33 Objekte an, die ich für geeignet hielt. Mal waren sie zu klein oder zu groß, oder sie hatten eine ungünstige Lage, oder die Besitzer wollten eine Unmenge Geld.

Hatten Mut und investierten viel Geld in ihr Zauberschlößchen: Margitta und Werner S. Bergfeld, die natürlich auch als Zauberkünstler auftreten.

Ein wenig Zaubern half schon immer

In Gräfenhain, nicht weit von Gotha, gibt es vor den hohen Bergen ein Zauberschlößchen. Eine in Thüringen einmalige Einrichtung.

Das Zauberschlößchen. Maskottchen ist Gnom Rüdiger, der die Lottozahlen voraussagen können soll, sodaß man in den nächsten 300 Jahren gewinnt.

Baumaschinen zu reparieren, das hat der Mann gelernt. Doch er merkte schnell, daß man in der ehemaligen DDR schon ein wenig zaubern können mußte, um es auch zu einigem Wohlstand zu bringen. Und das nahm Werner S. Bergfeld, geborener Hallenser, ganz wörtlich. Er lernte zaubern, tingelte seit 1976 als

**VON FRANK THONICKE
FOTOS: LOTHAR KOCH**

freischaffender, aber hauptberuflicher Künstler durch die sozialistische Republik.

Und lebte gut davon. Fuhr einen Volvo, hatte mit Frau Margitta ein Eigenheim und, schmunzelt er heute, „auch vor der Wende wußte ich, wie ein Videorecorder und eine Videokamera aussehen".

Klar, die staatliche Konzert- und Gastspieldirektion der DDR ließ auch ihre Zauberer nicht im Regen stehen. Galt es doch, das etwas freudlose Leben im realen Sozialismus aufzuheitern. Besonders in den FDGB-Erholungsheimen an der Ostseeküste und in den Mittelgebirgen sowie in Kinderheimen waren Zauberer eine willkommene Abwechslung.

Magische Wörter

Und so hatte auch Werner S. Bergfeld die magischen Wörter „Abakadabra" und „Simsalabim" schon als kleiner Steppke zum ersten Mal gehört. Seine Eltern bewirtschafteten ein Ferienheim an der Ostseeküste, und so blieb es nicht aus, daß Sohnemann zweimal in der Woche über Kaninchen staunte, die aus verzauberten Zylindern sprangen.

Für den heute 45jährigen war's also ziemlich zauberhaft in der damaligen DDR. Nur eines durfte er nicht, und da halfen auch keine Tricks: ins westliche Ausland reisen. Obwohl Angebote, erzählt er, etwa aus Österreich und der Schweiz, durchaus da waren. Aber eine Schwester hatte eine West-Visite unternommen ohne zurückzukommen, und so lief nichts mehr für den Zauberer.

Dann kam, wie aus dem Hut hervorgezaubert, die Wende.

Die staatlich geförderte Infrastruktur auf dem Sektor der Unterhaltungskunst brach zusammen. Keine FDGB-Heime, keine Auftritte. So einfach, so schmerzlich war das.

Doch Werner S. Bergfeld steckte nicht auf. Als gut verdienender DDR-Künstler hatte er einiges zur Seite gelegt und suchte jetzt einen Weg, sich selbständig zu machen. Ein Haus, in dem eine Mischung aus Variete, Kabarett, Show, Tanz und Gastlichkeit unter einem Dach zu finden sein sollte. war sein Traum.

34 „Objekte", wie der 45jährige sagt, schaute er sich an. Als zu teuer, mal waren die Eigentumsverhältnisse ungeklärt.

Anreiz für Touristen

Im Januar 1992 wurde er schließlich fündig. In Gräfenhain am Rande des Thüringer Waldes, unweit der Stadt Ohrdruf. In dem 1500-Einwohner-Dorf, das vor allem durch das Blasmusikorchester und durch das im September stattfindende Oktoberfest – heuer spielen gar die deutschen Altrocker „Lords" dort – von sich Reden machte, traf die Initiative des Zauberers auf fruchtbaren Boden. Schließlich will man den Zuschlag kräftiger Touristen ins Örtchen locken.

Werner S. Bergfeld kaufte in der Hauptstraße ein 130 Jahre altes, riesiges Haus. Früher war hier der Konsum, was bedeutete, das nie etwas restauriert oder renoviert wurde.

Der Zauberer erwarb das Gebäude, investierte. Insgesamt flossen, erzählt er, über eine Million Mark und – „Simsalabim" – das eher verträumte Dorf am Thüringer Wald hatte ein „Zauberschlößchen".

Denn genau so heißt das, was Werner S. Bergfeld aus dem Haus machte. Zwei Restaurants, Bars, Billardzimmer, und, ganz oben unterm Dach juche, der große Zaubersaal. Mit modernster Bühne, Ton- und Lichttechnik – einmalig in Thüringen.

Hier bietet der Zauberer Bergfeld – eine Künstlernamen hat der 45jährige nicht, da es „genug Pampellis, Pompullis

oder Haganis" gibt, – seine Shows, wenn die Touristenbusse anrollen. Mit Assistentin Margitta, seiner Frau, und einem Menschen, der als „Butler" auftritt. Und genau das macht, was ein Diener tunlichst vermeiden sollte: Laut und frech macht er die Leute an.

Das Repertoire umfaßt alle Felder der gängigen Magie: Kartentricks, Illusionen wie die schwebende Jungfrau, Zaubereien mit Ente und Tauben, die zersägte Frau, Verschwinden von Personen und Gedächtnisübertragungen: Frau Margitta weiß genau, wie die Paß- oder Telefonnummer des staunenden Besuchers heißt.

Ein Clown für die Kinder

Aber nicht nur Erwachsene kommen auf ihre Kosten: Kinder können über Zauberer Werner und Clown Noni lachen, der ewig zu spät kommt und unbedingt zaubern lernen will.

Werner S. Bergfeld ist seit 1963 Mitglied im „Magischen Zirkel von Deutschland e. V.", der internationalen Vereinigung von Zauberkünstlern. Die Erfurter Gruppe – hier sind etwa 30 Zauberer organisiert – hat mittlerweile das Zauberschlößchen zum Vereinssitz erkoren. Und auch zur Kasseler Gruppe gibt es rege Kontakte.

Nur eines hat Werner S. Bergfeld trotz aller Zauberkünste noch nicht geschafft: die Baustellen rund um Gräfenhain wegzupusten, auf daß man ohne Probleme ins Zauberschlößchen gelangen kann. Da hilf bisher auch kein „Abakadabra" und „Simsalabim".

Info: Zauberschlößchen Gräfenhain. Telefon: 0 36 24 / 21 76.

Zauberfamilie Bergfeld in Aktion

Wie Copperfield befreit sich Tobias am brenndenen Seil

Gräfenhain (wg). Zaubern, das war schon immer seine Welt. Bereits in jungen Jahren interessierte er sich für die „schwarze Kunst" und womit er früher seine Kumpels zum Staunen brachte, wurde später Beruf. Die Rede ist von Werner Siegfried Bergfeld. Mit trickreichen Zauber-Shows machte er sich schon zu DDR-Zeiten einen Namen. Heute „zaubert" er durch ganz Deutschland mit Shows, die aus einer Mischung von Magie, Humor und Musik bestehen.

1992 eröffnete Familie Bergfeld, zu der neben Werner Bergfeld dessen Frau Margitta und sein Sohn Tobias gehören, das Zauberschlößchen in Gräfenhain. Hier präsentieren die Bergfelds täglich ihre Kunststücke. Der neuste Clou ihrer Show ist die Befreiung von Tobias aus der Zwangsjacke am brennenden Seil. Dieses waghalsige Experiments war am Sonntag beim Truckertreff von Auto-Stippich in Schwabhausen zu sehen. Den zur Schau gestellten Colani-Truck ließ Werner Bergfeld zur Freude der Mercedes-Geschäftsführung dann aber doch nicht verschwinden...

Wo Werner Bergfeld auftritt mit seinen magischen Tricks, begeistert er jung und alt stets auf's Neue. Ob mal eben ein Kaninchen aus einem leeren Hut zaubern, Autoblindfahrten oder Entfesselungskunste, das alles bekommt das Publikum vom „Magier" dargeboten.

Begonnen hat Werner Bergfeld mit der Zauberei bereits im Kindesalter. Was zunächst nur Hobby war, wurde 1976 sein Beruf. Dem Magischen Zirkel gehört Werner S. Bergfeld seit 1963 an und schon damals hegte er den Wunsch vom eigenen Zauberschloß. Diesen Trick, mit dem ein Schloß herbeigezaubert wird, tüftelte er 1992 aus.

Auf den Spuren des David Copperfield: Erst zum zweiten Mal präsentierte Tobias Bergfeld die Befreiung aus der Zwangsjacke am brennenden Seil. Den Zuschauern stockte dabei vor Spannung der Atem. Bei winterlichen Temperaturen schaffte es Bergfeld junior, sich kopfüber in einer Höhe von zehn Metern von seinen Fesseln zu befreien. Foto: Gleichmar

Im Thüringer Wald fand ich dann das ideale Objekt. In der Nähe von Gotha, nicht weit von der Autobahn, am Fuße des Thüringer Waldes gelegen, gibt es den kleinen Ort Gräfenhain. Eisenach, Waltershausen und Oberhof, alles im 30 Kilometer-Bereich. Mit dem Rat der Gemeinde wurden wir handelseinig und so kaufte ich die Konsumgaststätte „Freundschaft" mit Grund und Boden für 300.000 DM.

Damit begann das Chaos. Der beurkundende Notar war, wie

sich später herausstellte, kein Notar mehr. Das heißt, er war Notar, aber wegen Alkoholproblemen seines Postens enthoben. Mit dem Briefkopf seiner geschiedenen Frau und seinem einkopierten Namen arbeitete er weiter. In jener Zeit war alles möglich.

Das war noch das kleinste Problem. Das größte Problem sollte noch auf mich zukommen und mich bis zum heutigen Tag verfolgen. Das Problem hieß Kreissparkasse Mühlhausen. Die Kasse heißt heute Sparkasse Unstrut Hainich.

Mit einem Unternehmensberater, einem Herrn Henneberg, entwarfen wir ein Finanzierungskonzept. Herr Henneberg war zuvor Rentner und half in der Bewegung „Ost hilft West" kostenlos Jungunternehmern.

Zauber-Reich unter dem Dach

Mit der Sparkasse vereinbarten wir einen Termin, den 23. Dezember 1991.

Wieder ein Datum zum Merken, dieses Mal war es mein eigener Geburtstag.

ZAUBERKABINETT im Dachgeschoß: Werner S. Bergfeld mit Ehefrau und Partnerin Margitta. Zum Team gehören außerdem zwei Techniker und ein Butler.

Zu Besuch beim Künstler-Ehepaar Bergfeld

Zauber-Reich unter dem Dach

Von WERNER KELLER (Text) und WOLFGANG PILZ (Fotos)

Mühlhausen. Viele bunte Plakate, Bilder, Bücher, Requisiten und ein Kleincomputer – das Reich des Zauberers Werner S. Bergfeld befindet sich unter dem Dach seines Wohnhauses an der Windeberger Straße 90 in Mühlhausen. Ehefrau Margitta, Butler James und zwei Techniker gehören noch zum Unternehmen. Nicht zu vergessen: eine Ente und sieben weiße Tauben, die im Garten ihre Unterkunft haben. Bereits seit den 60er Jahren hat sich Bergfeld, gelernter Baumaschinist, der Magie verschrieben – seit 1963 ist er Mitglied des Magischen Zirkels (früher der DDR, jetzt der Bundesrepublik).

Im SED-Staat war das Wort Zauberer verpönt – in der gestelzten Sprache der Sozialisten war „Unterhaltungskünstler" die offzielle Bezeichnung. Gedankenlesen (Mentalmagie) war den Funktionären nicht geheuer. Als Autodidakt hat Bergfeld eine steile Karriere gemacht – bis hin zur DDR-Spitze der Künstler. Gemeinsame Auftritte mit Stars und Sternchen gab es im Fernsehen, aber auch im sozialistischen Ausland.

Schon als Schüler (Bergfeld wurde in Halle geboren, wuchs aber in Mühlhausen auf) interessierte sich der heute 42jährige für Akrakadabra und Simsalabim – bei einem Freund sah er einen Zauberkatalog. Erste eigene Auftritte hatte er in den 60er Jahren bei der BSG Lok.

Seit dem hat der sympathische und redegewandte Künstler jeden Auftritt penibel registriert, jeden Zeitungsauschnitt gesammelt. Auch im Palast der Republik in Berlin war Bergfeld häufiger Stargast. Bis zu 44 Veranstaltungen im Monat absolvierten er und sein Team. Das Ehepaar Bergfeld hat drei Kinder, ein Sohn hilft ausnahmsweise in der Technik mit.

Und die spielt bei dem Berufszauberer eine wichtige Rolle: Ton, Licht, Nebeleffekte werden bei Bergfelds Shows elektronisch auf die Bühne gezaubert.

Die Situation der Künstler hat sich in Ostdeutschland grundlegend gewandelt. War früher eine in Erfurt ansässige Gastspieldirektion damit befaßt, die Kulturschaffenden kontinuierlich mit Engagements auszulasten und waren zum Beispiel Betriebe und Ferienheime ständig sichere Kunden, muß sich das Ehepaar Bergfeld nun am Markt behaupten. Erste Fühler wurden nach Westen ausgestreckt, hier tritt der 42jährige in Kurorten, aber auch bei Veranstaltungen großer Unternehmen auf.

Er gibt Einlagen, arrangiert aber auch komplette Showprogramme für spezielle Zielgruppen, z.B. Kinder. Die Kleinen, das merkt man beim Gespräch schnell, liegen Bergfeld und seiner Frau ganz besonders am Herzen. Der Magier nicht als Phantom, das Angst verbreitet, sondern mit pädagogischem Anspruch. Ein Beispiel: Dem Meister mißlingt (spaßeshalber) der erste Zaubertrick vor der Schulklasse, doch der Schüler als Assistent hat sofort Erfolg: „Das kommt an."

Nach Auftritten vor Schulklassen erhält Bergfeld bunte

Kinderzeichnungen: Wie die Jüngstenden Meister sehen. Als Dank geht ein Plakat oder Foto an die Kinder zurück.

Eine feste Spielstätte in Stadt oder Kreis Mühlhausen für Varieté-Programme – das ist ein Traum von Bergfeld. In dieser Richtung hat er auch schon nach geeigneten Objekten Ausschau gehalten.

Zauberei mit Ringen und Tüchern, Karten und Tauben – das ist der allgemeine Teil des Repertoires. Weiter gehören Gedächtniszauber und „Großtäuschung" zum können des Meisters. Klar, daß auch das Zersägen einer Dame, zum Grundkönnen des Magiers gehören. Ehefrau Margitta, gelernte Violin-Pädagogin, hat dies stets wohlbehalten überstanden.

Zauberei ist für das Ehepaar Idealismus, Hobby und Beruf zugleich: „75 Prozent machen das Drumherum, Licht, Dekoration und Toneffekte."

Die Frage, „Wie machen Sie das?", bleibt bei Werner S. Bergfeld ungehört: Ein Profi verrät keine Berufsgeheimnisse. Seine Anregungen holt er sich aus der Fachliteratur. Bücher und Zeitschriften über Magie, zum Teil noch aus den 20er Jahren, gibt es in der Dachklause in großer Zahl. Sie wurden in vielen Jahren und für teures Geld zusammengetragen.

Die meisten Kunststücke sind in ihrem Kern alt – aber sie werden immer neu variiert. Wenn der Zuschauer dann hinterher sagt: „Also, so was, das hab' ich ja noch nie gesehen", dann haben Bergfeld und sein Team wieder einmal gute Arbeit geleistet.

Beifall ist der Lohn des Artisten.

Fachliteratur und Personalcomputer: Zauberer Werner S. Bergfeld mit Ehefrau und Partnerin Margitta in seinem Büro in Mühlhausen. Im Laufe der Jahre hat sich der 43jährige eine umfangreiche Materialsammlung zugelegt. Tricks werden nicht verraten. (Fotos: Pilz)

Zauberer schlägt Wurzeln

Jahrelang reiste der Mühlhäuser Berufskünstler Werner S. Bergfeld durch die DDR und verzauberte kleine und große Zuschauer – jetzt wird der Magier mit einer festen Spielstätte seßhaft.

MÜHLHAUSEN/GOTHA ■ Für den Berufszauberer Werner S. Bergfeld (43) erfüllt sich ein Traum: In einer festen Spielstätte in Gräfenhain bei Ohdruf

VON WERNER KELLER

Was wäre ein Zauberkünstler ohne Tauben? Zwischen den Tourneen flatterten die Vögel bislang durch den Käfig im heimischen Garten in Mühlhausen.

(Kreis Gotha) will der Mühlhäuser künftig eine Mischung aus Variete, Kabarett und Show bieten. Pate steht bei dem jetzt gestarteten Projekt das legendäre „Magic castle" in Hollywood (USA).

Daß Bergfeld und seine Ehefrau und Partnerin Margitta seßhaft werden, hat nichts mit Bequemlichkeit zu tun. Einst zur DDR-Spitze gehörend und mehrfach im Fernsehen zu Gast, brauchte sich das Team um Engagements keine Sorgen zu machen. Der Rekord waren 284 Auftritte im Jahr: in Betriebsferienheimen und Kulturhäusern, Kurbädern und Kinderheimen. Für die Vermittlung sorgte eine staatliche Künstleragentur.

Seit der Wende ist das alles anders, müssen Künstler selbst die Initiative ergreifen und sich Gastspiele arrangieren. Agenturen helfen – und wollen auch mit verdienen. Der Wind des freien Marktes pustet auch Künstlern ins Gesicht – mit allen Chancen und Risiken.

Die Bergfelds absolvierten 1990/91 einige Auftritte im benachbarten Hessen sowie im Schwarzwald, doch insgesamt gesehen stellte dies den 43jährigen nicht zufrieden. Schon vor über einem Jahr faßte er den Plan, sich nach einem Bauwerk umzusehen, das sich für eine feste Spielstätte eignet.

Nicht weniger als 30 Objekte zwischen Rügen und Thüringer Wald sah sich der Künstler an. Dazu gehörten das Kulturhaus

in Ammern bei Mühlhausen ebenso wie der Rieseninger Park am Rand der Kreisstadt. Für die Freilichtbühne entwarf Bergfeld sogar eine neue Konzeption. Ein bißchen blickt er heute schon in Zorn auf seine Heimatstadt zurück, viel Interesse habe man seinen Vorschlägen nicht entgegengebracht.

Fündig wurde der Magier und Showmaster im Kreis Gotha: In Gräfenhain erwarb er das Dorfgasthaus „Zur Sonne". Diese Einrichtung (mit Saal, Weinkeller und Kaffeegarten) will er bis zum Mai umbauen und neu gestalten. Den Namen des ganzen Unternehmens möchte er noch nicht verraten. Auf jeden Fall tritt Bergfeld mit Nachdruck örtlichen Gerüchten entgegen, er wolle eine Nachtclub mitten im Ort aufziehen. Gedacht sei an Disco-Veranstaltungen für reifere Semester. Klar sei, daß er auch gastronomisch tätig werde. Die Preise sollen dabei erschwinglich bleiben.

In Gräfenhain kann der Existenzgründer auf Zuspruch von Feriengästen hoffen, die im Thüringer Wald Urlaub machen. Bergfeld geht das Projekt

professionell an, läßt sich von Werbe- und Marketingexperten beraten. Hausprospekte will er über Gemeindeverwaltungen und Verkehrsämter vertreiben. Der Unternehmer ist von einem Konzept überzeugt, denn „es gibt nicht viel von dieser Art Unterhaltung".

Werdegang

Ganz will er die Brücken nach Mühlhausen nicht abbrechen: Die Stadt sehe er als seine Heimat an, „auch wenn der Prophet im eigenen Land nichts gilt." Der Zauberei huldigt Werner S. Bergfeld schon von Kindesbeinen an – die ersten Tricks erlernte er aus dem Zauberkatalog eines Schulfreundes. Zunächst erlernte er Baumaschinist als „Brotberuf".

Ton, Licht und Nebeleffekte spielen heute bei seinen Shows eine wichtige Rolle. Der Magier in einem früheren MA-Interview: „75 Prozent machen das Drumherum, Licht, Dekoration und Toneffekte." An dieses Erfolgsrezept will er sich auch in Gräfenhain halten.

Der zuständige Leiter der Kreditabteilung, Herr Wanschura, war früher ein ganz normaler Schalterbeamter. Doch nach der Wende wurden im Osten viele Leute gebraucht und so war man eben Leiter der Kreditabteilung. Ein großes, auf Hochglanz poliertes messingfarbenes Schild prangte vor dessen Tür. Das Resultat: Herr Henneberg wurde von der Sparkasse abgewiesen. „Wir, die Sparkasse, kümmern uns um alles." Noch heute höre ich die Worte in meinen Ohren klingen. Herr Henneberg war als Berater aus dem Rennen, aber ich bekam den Kredit. Lieber ein paar Hunderttausend mehr nehmen, dann ist man auf der sicheren Seite.

Dies war einer der Lieblingssprüche des ehemaligen mir gut bekannten Schalterbeamten Wanschura. Bloß noch unterschreiben – wie sonst: Die Wirtschaftskenntnisse fehlten.

Uns so fingen wir mit einem Überziehungskredit an.

Wir kauften das Objekt in Gräfenhain, unser Einfamilienhaus in Mühlhausen verkauften wir für 195.000 DM.

Das war unser Eigenanteil. Die Sparkasse erstellte uns einen Finanzierungsplan. Dieser sah wie folgt aus:

ERP	400.000 DM Kredit
EKH	200.000 DM Kredit
	Eigenkapitalhilfe
Eigenkapital	195.000 DM Verkauf des Hauses
Investitionszulage	15.000 DM
Investitionszuschuss	23 % des Gesamtvolumens
Darlehen SPK	80.000 DM 10,5 %
Darlehen SPK	70.000 DM 9,5 %

Zusätzlich beschaffte ich selbst noch Geldmittel über Automatenaufsteller und unseren Getränkegroßhändler in Höhe von circa 170.000 DM.

Die Kreditsumme belief sich auf circa 800.000 DM, der zu erwartende Zuschuss vom Land Thüringen, die Thüringer Landes-Wirtschaftsförderungsgesellschaft mbh (TLW). Sämtliche Anträge mussten von unserer Hausbank gestellt werden, wir durften selbst also keinen Antrag stellen, sondern mit diesem Überziehungskredit bauten wir um und eröffneten am 5.06.1992 BERGFELD`s ZAUBERSCHLÖSSCHEN.

Margitta Bergfeld   Werner S. Bergfeld

...herzlich willkommen...

heißt Sie das Zauberteam
Margitta und Werner S. Bergfeld.
Die beiden Show-Vollprofis garantieren für ein
unterhaltsames Programm.

Werner S. Bergfeld wurde in Halle geboren und ist
seit 1976 Zauberer. Margitta Bergfeld erlernte den Beruf
der Violinenpädagogin und bereichert nun die Show ihres
Mannes. Herr Bergfeld ist seit 1963 Mitglied im
Magischen Zirkel von Deutschland. Bis zur Wende 1989
war er mit einer eigenen Show für Kinder und Erwachsene
auf Tournee.

Mit der Eröffnung des „Zauberschlößchens" erfüllte
sich Familie Bergfeld 1992 einen lang gehegten Traum.
Das Haus bietet eine Mischung aus Varieté, Kabarett,
Show, Tanz und Thüringer Gastlichkeit.

...herzlich willkommen...
Margitta & Werner S. Bergfeld

Einen wesentlichen Anteil an der Verwirklichung meiner Idee hatte die Firma „Kreißler Werbung und so" aus Eschwege. Kreißler entwarf die Innenausstattung und steuerte viele gute Ideen bei. Folgende Gewerke waren am Umbau beteiligt:
1. Baufirma
2. Elektrofirma
3. Heizungs- und Installationsfirma
4. Innenausbau / Holzarbeiten
5. Malerfirma Platz
6. Kunstmaler Karl Heinz Vogeley

Meine Familie, vor allem mein Sohn Tobias, half viel mit. So musste z.b. ein Kellergewölbe entsorgt werden, in dem jeder der Vorgänger seinen Müll abgestellt hatte.

Die gesamte Elektrik wurde neu installiert, Türen und Fenster z. T. erneuert bzw. restauriert.

Alle Toiletten neu, die Küche wurde komplett neu eingebaut.

Das Haus bekam eine eigene neue Heizungsanlage. Die Malerfirma Platz setzte die Ideen der Firma Kreißler gekonnt um und mein Freund Karl Heinz Vogeley verpasste dem Haus den letzten Schliff. Die Einweihungsfeier war erfolgreich, wir hatten auch ein wenig Prominenz eingeladen. Musik, Tanz, Freibier, es war ein Dankeschön an alle, die an der Verwirklichung mitgeholfen haben.

Aus der Konsum-Gaststätte „Freundschaft" war „Bergfeld`s Zauberschlösschen" geworden.

Zunächst lief unser normaler Gaststättenbetrieb an. Wir hatten einen Koch, einen Kellner und eine Halbtagskraft eingestellt. Frau Bombach war die gute Seele vom Haus, sie war unsere Reinigungskraft. Sie schaute nicht auf die Uhr, arbeitete oft nach Feierabend und half oft bei Bedarf auch noch in der Küche mit. Mit Koch Fred und Kellner Maik waren wir ein

gutes Team, zu dem nach Bedarf dann noch bei Veranstaltungen Aushilfskräfte dazukamen. Im Zauberschlösschen gab es folgende Räumlichkeiten:
Tannenstube rustikale Gaststätte 40 Plätze
Sonnenstube für den besonderen Anlass 50 Plätze
Kaffee-und-Kuchen-Garten 50 Plätze
Zaubersaal für Veranstaltungen 120 Plätze
Es gab eine hauseigene Ton- und Lichtanlage. Bei Feierlichkeiten im Saal gab es kaltes Buffet. Feierte zum Beispiel eine Dachdeckerfirma, so stand auf dem kalten Buffet als Dekoration ein Dachziegel; aus Marzipan natürlich.

Kaffee-und-Kuchen-Fahrten von Busunternehmen gehörten auch zum Angebot. So entsinne ich mich an die Besuche eines Busunternehmens, die drei Monate jede Woche fünf Tage am Nachmittag kamen, zu Kaffee und Kuchen sowie Zauber-Programm von 45 Minuten Länge.

Dann kam unsere größte Veranstaltung. Der Magische Zirkel von ganz Deutschland (MZvD) traf sich zur Jahrestagung aller Ortsgruppen-Vorsitzenden in Gräfenhain. Es war die erste Veranstaltung nach der Wende, an denen sich alle Zirkelleiter aus Ost und West trafen.

Auch da gab es ein kaltes Buffet, mit dem Abzeichen des MZ aus Schokolade und Marzipan kunstvoll gestaltet.

So verging die Zeit und ich ahnte noch nicht, welche düstere Wolken im Hintergrund aufzogen. Meine Frau Gitta hörte schon die Flöhe husten, ich wollte es aber nicht wahrhaben.

Im Herbst 1992 erhielt ich ein Schreiben des TLW (Thüringer Landes Wirtschafts Hilfe), aus dem

hervorging, dass mein Investitionszuschuss abgelehnt wurde. Somit kamen geplante runde 200.000 DM nicht zur Auszahlung. Das Finanzierungskonzept der Kreissparkasse Mühlhausen war ganz einfach zusammengebrochen. Ein weiterer Kredit der Sparkasse für Um- und Ausbau kippte ebenfalls. Begründung: Falsche Formulierung des Antrags. Wir bekamen aber einen neuen Kredit von der Sparkasse, allerdings mit höheren Zinsen.

In dieser Zeit wechselte dann der Leiter der Kreditabteilung und der Vorstand der Sparkasse öfters (siehe Zeitungsberichte im Anhang). Wir hatten dann mit einem Herrn Henrichs zu tun. Er war jetzt unser neuer Ansprechpartner. Er hatte einen 5-Jahres-Vertrag, um die Sparkasse wieder auf Vordermann zu bringen. Doch nach kurzer Zeit hatte auch er „das Handtuch geworfen". Uns sagte man, dass sich die Sparkasse und Herr Henrichs im „gegenseitigen Einvernehmen" getrennt hätten. Die Situation spitzte sich langsam zu. Wir konnten unseren Kredit nicht mehr zurückzahlen. Niemand wollte uns helfen, die Sparkasse verstand es, mir das Gefühl zu vermitteln, ich sei der Kriminelle. Man wollte mich zum Offenbarungseid zwingen. Falls ich mich weigerte, könnte ich auch mit polizeilicher Unterstützung zum Gericht gebracht werden. Jeder bei der Sparkasse versuchte, die Fehler seiner Vorgänger zu vertuschen. Dann verschwand plötzlich bei der Sparkasse mein gesamter Ordner mit allen Unterlagen. Was musste hier vertuscht werden? Es war die Zeit, in der die Staatsanwaltschaft bei der Sparkasse ein und aus ging.

Mit einem cleveren Rechtsanwalt hätte ich bestimmt eine für mich glücklichere Lösung erreichen können. Herr Henrichs sagte mir bei seinem letztem Gespräch: „Der Kopf wird schon nicht abgerissen, bitte machen Sie das Thema nicht öffentlich, wir werden das alles schon regeln." Kurz darauf war auch er weg.

Durch diese ganze Stresssituation ging es auch mit meiner zweiten Ehe langsam dem Ende zu (Inzwischen hatten wir geheiratet – 12.10.1989).

Meine Frau war von Anfang an gegen das Unternehmen Zauberschlösschen – es war mein Lebenstraum. Ich wollte nicht auf sie hören. Die Kredite klemmten, die Sparkasse drohte. Ich konnte nicht mehr schlafen, das Leben wurde zur Hölle. Dies hielt meine Frau Margitta nicht aus. Ohne Vorankündigung war sie plötzlich weg. Heute verstehe ich ihre Reaktion. Nach langem Reden, Hinterherfahren und der Zusage, das Zauberschlösschen zu schließen (früher oder später) kam sie zurück.

Eine weitere Zusage war, mit ihr in Tunesien Urlaub zu machen.

Tunesien erreicht man mit dem Flugzeug. Für mich, der zu dieser Zeit panische Angst vorm Fliegen hatte, eine mutige Zusage.

Wir versuchten, das Beste aus unserer Zukunft zu machen. Aber unsere gemeinsame Zukunft hatten wir bereits hinter uns.

Und so entschloss ich mich im Januar 1995, das Zauberschlösschen zu schließen. Mein Kindheitstraum war ausgeträumt. Dieser kostete mich allerdings Ehe, Einfamilienhaus, guten Ruf, und zusätzlich hatte ich jetzt einen Berg Schulden.

Allerdings kam mir die Sparkasse entgegen. Beim Eintrag der Grundschulden ins Grundbuch hatte die Sparkasse einige Zahlen durcheinandergebracht. Im Grundbuch standen nur 400.000 DM.

Als man nach Jahren (!) diesen Umstand bemerkte, versuchte man mit freundlichen Worten, dies durch meine Unterschrift zu legalisieren. Man wird Verständnis haben, dass ich dieses Angebot dankend ablehnte.

Im Ort Gräfenhain hatte ich nicht nur Freunde. Aktenkundig bei der Kripo Gotha ist z. B. eine Bombendrohung anlässlich einer Abendveranstaltung.

Mein Sohn nahm den Anruf entgegen. Im Original-Gräfenhainer-Dialekt sagte ein Unbekannter: „In 30 Minuten fliegt der ganze Laden in die Luft – Ende." Wir telefonierten mit der Polizei, diese war auch in wenigen Minuten vor Ort. Sie kontrollierte mit uns das ganze Haus. Eine Evakuierung schloss sie aus. In 99 Prozent aller Fälle sitzt der Anrufer im Haus und schaut, was wir machen, so der Kommentar. Wir standen im Heizhaus und der Polizist schaute auf die Uhr. Es war Punkt 22.00 Uhr abends. Nichts war passiert. Genau jetzt sollte die Bombe hochgehen. In diesem Moment sprang die Pumpe der Heizung an, reiner Zufall. Wir standen alle kerzengerade. Erster Kommentar meines Sohnes Tobias: „Das war wie im Film, das glaubt uns kein Mensch, was hier los ist."

Meine Ente Gerda, neben meinen Tauben eine Mitarbeiterin in unserer Zauberschau, fand ich eines Morgens in ihrem Häuschen mit abgeschnittenen Kopf. Selbstmord schließe ich mal aus.

Es wurde Zeit, Gräfenhain zu verlassen.

Das Zauberschlößchen gibt es nicht mehr

In einem Brief teilt uns Werner S. Bergfeld das Ende eines zauberhaften Traumes mit: Das von ihm mit dem Einsatz aller seiner Möglichkeiten 1992 geschaffene Zauberschlößchen Gräfenhain gibt es nicht mehr. Unglückliche Kreditberatung, ein Notar, der gar keiner war (Interpol ermittelt) und viele "Abzocker" haben dieses hoffnungsvolle Unternehmen in den Ruin getrieben. Geblieben sind dem mutigen "Unternehmer" von seinem erwarteten Lebenswerk nur noch seine Requisiten und seine Bücher, mit denen er einen erneuten Anfang versucht.

Wer das Glück hatte, Zaubertreffen im Gräfenhainer Zauberschlößchen zu erleben oder dort auch nur mal kurz vorbeigeschaut zu haben, wird dies nicht so bald vergessen und Werner S. Bergfeld viel, viel Glück und Mut wünschen, wenn er den Schlußsatz seiner Information an uns irgendwann als Erfüllung erleben darf ....

20-Millionen-Skandal:

Ex-Manager der Sparkasse vor Gericht

MÜHLHAUSEN (TA). Wegen Untreue und überzogener Kreditvergabe müssen sich seit gestern drei ehemalige Manager der Kreissparkasse Mühlhausen aus Hessen vor dem Landgericht in Mühlhausen verantworten. Die einst leitenden Mitarbeiter des Geldinstituts sollen unter Verletzung ihrer Aufsichtspflicht zugelassen, haben, daß ein hessisches Unternehmen, das in der Stadt in ein Industriegelände investieren wollte, sein Konto bei der Sparkasse statt der genehmigten fünf Millionen mit mehr als 22 Millionen Mark belastete. Der Mühlhäuser Sparkasse ist dadurch ein Schaden von mehr als 20 Millionen Mark entstanden.

Von den drei Angeklagten sollen dem Kreditausschuß unter anderem Sicherheiten des Kunden vorgetäuscht worden sein. Vorsitzender dieses Ausschusses war der einstige Mühlhäuser Landrat, Hilfreich Reinhold (CDU); das Gericht erwägt, ihn eventuell als Zeugen zu laden. **Seite 2**

Zauberschlößchen in Gräfenhain mußte aufgeben. 1993 noch in aller Munde: hier trafen sich zum Freundschaftlichen Gedankenaustausch alle Ortszirkelleiter des MZvD zu einer interessanten Tagung und zum gemütlichen Zusammensein. W. S. Bergfeld hatte hier in unermüdlichem Einsatz durch Privatinitiative und Privatvermögen 1992 etwas in Deutschland Einmaliges geschaffen: ein Zauberschlößchen mit Veranstaltungsräumen, urigen Gastzimmern und abwechslungsreicher Gastronomie. Zu den Besuchern gehörten viele bekannte Zauberkünstler wie Bert Rex, Jochen Zmeck, Manfred Geiss oder Wolfgang Sommer. Aus finanziellen Gründen mußte Bergfeld das Handtuch werfen, das Haus ließ sich nicht mehr halten, sein Eigenkapital von 200.000 DM ist weg. Wir drücken unserem aktiven Mitglied beide Daumen, daß er gut über die sicherlich nicht einfache Situation hinwegkommt.

Meine Frau verzog nach Gotha. Sie arbeitet noch heute an einer privaten Musikschule als Geigen- und Klavierlehrer. Ich verzog nach Waltershausen. Inzwischen hatte ich Susanne kennengelernt und hoffte auf einen neuen Start. Doch das Zauberschlösschen und die Sparkasse verfolgten mich nicht nur in meinen Träumen. Susanne wohnte im Haus ihrer Eltern. Ich zog zu ihr. Ihre Eltern nahmen mich auf wie den eigenen Sohn. Ihnen habe ich viel zu verdanken. Susanne war Verkäuferin, 16 Jahre jünger als ich und auch Steinbock. Leider wollte sie nicht mit mir auf der Bühne arbeiten. Jedes Mal hatte sie Angst, ob ich aus der Zwangsjacke komme.

Susanne wollte unbedingt heiraten und ein Kind haben.

Zauberschlößchen geschlossen

Eine traurige Nachricht erreicht uns aus Thüringen. Das Zauberschlößchen in Gräfenhain mußte seine Pforten schließen! Das interessante Projekt, über das in der „M"W ausführlich berichtet worden war, ließ sich nicht mehr halten. Werner S. Bergfeld hatte im Sommer 1992 das Zauberschlößchen eröffnet. Zunächst schien alles gutzugehen, mehrere bekannte Zauberkünstler gastierten in Gräfenhain, auch die Zirkelvorsitzenden des MZvD besuchten das mit großem Einsatz, viel Liebe und sehr viel Geld ausgebaute Lokal. Laut Bergfeld waren Zeitpunkt, Standort und Berater aber falsch gewählt. So kam es zum Niedergang. Der Initiator aber bleibt optimistisch: „Das Zauberschlößchen wird irgendwann, irgendwo und irgendwie neu entstehen." Viel Glück! (hjs)

Geübt haben wir öfters, geheiratet hat Susanne später: einen anderen.

Als ich in Tunesien war, schrieb ich ihr, dass es nichts wird mit uns. Sie hatte immer noch auf mich gewartet.

Danach bekam sie ihr Kind und heiratete – ihren ehemaligen Chef. Er ist etwas älter als ich und ich erhoffe alles Gute für beide.

Da ich Tunesien von einem Urlaub mit Gitta kannte, reifte langsam die Idee, Deutschland zu verlassen. Die Bank wollte mich fertigmachen, und zu diesem Zeitpunkt hatte ich das Gefühl, ich sei der Kriminelle, ich sei der Verlierer. Und so plante ich langsam, aber sicher meinen Umzug nach Tunesien.

Ich versuchte allerdings vorher noch, das Objekt zu verkaufen. Leider gingen alle Versuche fehl. Die Zeit der großen Kredite war vorbei und für Gastronomie und Autohäuser gab es kaum noch Kredit.

Eine Episode noch zum Thema Verkauf:
Über ein Maklerbüro lernte ich Herrn Schruder kennen
(Name leicht geändert). Er stellte sich als Vermittler für
die Frank Farian Gruppe vor (Der Macher von Bonny M.).
Allerdings ein dicke Lüge.
 Sein Vorschlag war folgender: Das Zauberschlösschen wird
für 400.000 DM verkauft. 200.000 DM für die Bank und
200.000 DM schwarz für mich. Zu niemandem ein Wort, er
klärt alles mit der Bank.
Schruder mit Goldrandbrille und Anzug, Typ seriöser
Geschäftsmann, war mir von Anfang an nicht geheuer. Auch
hatte er in seinem Leben nie mit Frank Farian zu tun gehabt.
Aber ich wollte ja verkaufen.
Ich wusste, er will mich über den Tisch ziehen, ich wusste
nur nicht wie.
Schruder redete mit der Bank, es wirkte alles echt. Dann
kam der Hammer.
Um in die Schweiz zu fahren und Geld vom Konto zu holen, brauchte er einen kleinen Vorschuss von 2.000 DM. Nun
wusste ich, was er wollte.
Aber er hatte die Rechnung wohl ohne den Wirt gemacht.
Zu diesem Zeitpunkt wurde bereits Schruder per Steckbrief
in Deutschland gesucht.
An einem wunderschönen Nachmittag erfolgte seine Ver-
haftung. Dachte er wirklich, ich bin so blöd und gebe ihm
auch nur eine Mark?
Bei der Verhaftung saß ich ihm gegenüber. Ein Polizist
fragte ihn: „Sind Sie Herr Schruder?" Er stutzte für einen
Moment, begriff sofort die Situation und sagte zu mir: „Das
sind Geschäftsfreunde, wir haben eine Besprechung. Herr
Bergfeld, wir sehen uns dann heute Abend." Niemand am
Nachbartisch hat diese Situation als Verhaftung erkannt.
Schruder spielte den Gentleman bis zum bitteren Ende.

Eine Woche später sah ihn ein bekannter Häusermakler in Jena mit Herren der Stadtverwaltung in der Innenstadt. Schruder verkaufte gerade eine Ladenstraße und mimte den Architekten. Ob man ihm auch etwas Vorschuss gegeben hat, weiß ich nicht. Einige Tage später traf ich den Polizisten, der die Verhaftung vollzog, wieder. Ich erzählte ihm von Schruders Besuch in Jena. Er lachte nur und sagte: „Wir fangen die Gauner ein und die da oben lassen sie wieder laufen." Ja, alles ist jetzt möglich.

Mein Entschluss, dieses Land zu verlassen, reifte von Tag zu Tag mehr.

Mit einem zwölf Jahre alten Mercedes Transporter und allem, was ich zur Zauberei brauche, fuhr ich am 10.April 1996 ab Waltershausen immer Richtung Süden, durch die Schweiz nach Italien. Ab Genua fuhr ich mit der Fähre über Palermo nach Tunis, wo ich am 12.April 1996 ankam. Deutschland verließ ich in der festen Absicht, nie wieder zurückzukommen. Marietta überließ ich noch den Mentalpreis von 1980 (Kongress in Karlovy Vary / Karlsbad Tschechien). Seit dieser Zeit ist sie laut Prospekt Europameister.

20-Mio.-Verlust bei Sparkasse

MÜHLHAUSEN ■ Durch ungesicherte Kredite an die Wiesbadener Unternehmensgruppe Scholdan hat die Kreissparkasse Mühlhausen 20 Millionen Mark eingebüßt. Das wurde gestern aus zuverlässiger Quelle bekannt. Das Engagement steht im Zusammenhang mit dem inzwischen geplatzten Kauf der deproma-electronic GmbH. Dem Vernehmen nach wird das Desaster personelle Konsequenzen für das Mühlhäuser Institut haben. Zur Verlustabdeckung soll ein Fonds der bundesdeutschen Sparkassen herangezogen werden.

(k/hos)

KREISSPARKASSE MÜHLHAUSEN

20 Mio. in Wind zu schreiben

Nicht gesicherte Kredite über 20 Millionen DM an die Wiesbadener Scholdan-Gruppe haben einen Sparkassenskandal in Mühlhausen bewirkt. Zwei Vorstandsmitglieder aus Westdeutschland wurden gefeuert.

MÜHLHAUSEN ■ Knapp zwei Jahre nach der deutschen Vereinigung hat die Region Westthüringen ihren ersten großen Sparkassenskandal: Die Kreis-

VON HORST SEIDENFADEN

sparkasse Mühlhausen hat den Ausfall einer Forderung in Höhe von 20 Millionen DM zu verkraften, der bisherige zweiköpfige Vorstand wurde gefeuert, die Partnersparkasse in Eschwege stellt einen Krisenmanager, der die Situation bereinigen soll. Grund für die Probleme der Sparkasse ist der nach Informationen aus Sparkassenkreisen nicht gesicherte Kredite über 20 Millionen DM an die Wiesbadener Scholdan-Gruppe: Jenes Unternehmen war in der Vergangenheit zum Hoffnungsträger der Region Mühlhausen avanciert, weil die Wiesbadener die de-pro-ma Elektronik in Mühlhausen übernehmen, einen Unternehmenspark auf dem Betriebsgelände errichten und 3500 Arbeitsplätze schaffen wollte. Doch Scholdan ist in finanziel-

len Schwierigkeiten, das Unternehmen stieg aus dem Projekt aus. Die Kreissparkasse Mühlhausen muß ihre 20 Millionen DM in den Wind schreiben.

Die Schuld an der Misere wird vom Gewährsträger des Instituts, dem Kreis Mühlhausen, offensichtlich den beiden aus Hessen stammenden Vorstandsmitgliedern des Kreditinstituts gegeben. Vorstandsvorsitzender Meinhard Clobes (Felsberg) und Kreditvorstand Theodor Richter (Eschwege) haben nach einer Erklärung des Landratsamtes Mühlhausen gegen die Geschäftsordnung und die Richtlinien des Instituts verstoßen und zudem Beschlüsse des Verwaltungsrates nicht beachtet. Details über die Verstöße wurden nicht genannt.

Klar sei, so ein Sprecher des Sparkassenverbandes Hessen-Thüringen, daß die beiden Vorstandsmitglieder sich nicht bereichert haben. Die Kunden der Sparkasse müßten nicht mit Konsequenzen rechnen, da die Kreissparkasse Mühlhausen in der Lage sei, die Situation angesichts ihrer guten Ertragslage selbst zu bereinigen.

Verband und Kreis Mühlhausen reagierten sofort: Das Vorstandsmitglied der Kreissparkasse Werra-Meißner, Kurt-Dieter Schrauth, wurde zum Vorstandsvorsitzenden ernannt, zweites Vorstandsmitglied ist Verbands-Oberrevisor Achtznick.

Vorstand tritt die Flucht nach vorne an

Neuer Schlag für die Kreissparkasse Mühlhausen: Die Verluste im Kreditgeschäft sind größer als angenommen. Das wurde jüngst offziell bestätigt.

MÜHLHAUSEN ■ Hinter den Kulissen kursierten in den letzten Tagen gewaltige Zahlen, der Sparkassenvorstand trat am Donnerstag die Flucht nach

VON WERNER KELLER

vorn an, um Schaden abzuwenden: Es geht um 33 Millionen DM, die das Institut für das Jahr 1992 erst einmal auf die Verlustliste setzen muß. Diese Zahl nannte Vorstandsvorsitzender Kurt-Dieter Schrauth vor der Presse.

Ein Sanierungskonzept ist auf den Weg gebracht worden, die Einlagen der Sparer seien in keiner Weise gefährdet, betonten Schrauth und seine Vorstandskollegen Wolfgang Achtznick und Hans Henrichs. Henrichs, der aus Trier kommt, nahm am Donnerstag erst seine Arbeit in Mühlhausen auf.

Dem Institut hängt offenkundig die Arbeit des früheren Vorstandes und des Leiters der Kreditabteilung an – alle mußten ihren Hut nehmen. Auslöser war im August 1992 die Scholdan-Affäre. Ein Investor, der bei deproma einen Industriepark aufziehen wollte und von der Treuhand wärmstens

So fielen drei Bankchefs auf einen Schulden-Wessi rein

Von EBERHARD LAIB
Mühlhausen — **Haben sie nun gutgläubig Millionen zum Fenster rausgeworfen, oder waren sie einfach nur blöde?**

Drei frühere Manager der Kreissparkasse Mühlhausen stehen heute wegen Untreue vor Gericht: Ex-Chef **Meinhardt Clobes (36),** sein Vize **Franz Wanschura (57)** und Kreditvorstand **Theodor Richter (58)** haben 1991/92 in knapp sechs Monaten eine Geldberge an den Wiesbadener Baulöwen **Klaus Scholdan** verpumpt. **22212818,27 Mark!**

Denn Scholdan versprach das Blaue vom Himmel: Aus dem ehemaligen **VEB Mikroelektronik** wollte er einen „Unternehmenspark" machen. **120 Mios Investitionssumme, 3500 Arbeitsplätze!**

Der „Park" blieb ein Traumgarten, Scholdan ging pleite.

Die Staatsanwaltschaft wirft den Sparkassen-Chefs vor: Spätestens nach sechs Tagen hätten alle Alarmlichter blinken müssen!

Als sie nämlich von Scholdans Hausbank in Bischofsheim erfuhren, daß Scholdan förmlich um neue Kredite hausieren ging...

Es kam noch schlimmer: Aus Konto-Bewegungen in Mühlhausen konnte jeder Banklehrling ablesen, daß die Kredite abgezogen wurden, um anderswo Löcher zu stopfen.

Clobes, Richter und Wanschura aber hielten still.

Die Staatsanwaltschaft: „Vor dem Kreditausschuß ihrer Kasse behaupteten sie sogar wahrheitswidrig, über die zwingend vorgeschriebenen Sicherheiten zu verfügen."

SPARKASSE MÜHLHAUSEN

Ein Skandal ohne Ende?

Die in der Vergangenheit arg gebeutelte Kreissparkasse Mühlhausen in Thüringen kommt nicht zur Ruhe. Verluste in Höhe von etwa 65 Millionen DM müssen beglichen werden.

MÜHLHAUSEN ■ In Stadt und Kreis Mühlhausen gibt es derzeit nur noch ein Gesprächsthema: die Millionen-Verluste der Kreissparkasse bei Kreditge-

VON WERNER KELLER

schäften. Daß die Schalterhalle gestern geschlossen blieb, hatte freilich mit dem Desaster nichts zu tun. Handwerker renovieren die Räume.

Immer neue Zahlen machten in den letzten Wochen die Runde und gaben zu den wildesten Spekulationen Anlaß – die oppositionelle SPD witterte den „größten Sparkassenskandal Thüringens". Wie hoch das Ausmaß auch sein mag – wie es zu den Verlusten kommen konnte, liegt immer noch im Nebel.

Internes Papier

Anfang Juli kursierte ein internes Papier, das den Sparkassenvorstand die Flucht nach vorn antreten ließ: Abzusehen seien bilanzmäßige Brutto-Verluste von 33 Mio. Mark, hieß es daraufhin bei einer Pressekonferenz am 1. Juli. Diese Summe enthält jene 20 Millionen, die das Institut einer Unternehmensgruppe aus Wiesbaden in Vertrauen auf eine Großinvestition in Mühlhausen geliehen hat. Der Investor sagte ab, den verschwundenen Millionen läuft der Sparkassenvorstand seit Herbst 1992 hinterher.

Die Prüfung des Sparkassen-Verbandes Hessen-Thüringen förderte in den letzten Monaten weitere Verlustgeschäfte zutage, die allesamt durch windige Existenzgründer aufgelaufen sein sollen.

Am Tropf des Kreises

Nach dem Stand von dieser Woche liegen die Gesamteinbußen bei 65 Mio. Mark, davon kann das Institut aus eigener Kraft 32 Mio. begleichen. Für 33 Mio. kommen der Kreis als Gewährträger und der sogenannte Feuerwehrfonds der bundesdeutschen Sparkassen auf. Ab diesem Jahr hängt die Sparkasse am Tropf des Kreises – sie wird in den nächsten Jahren Millionen bereitstellen müssen, um ihr Institut wieder flott zu machen. Das vom Kreistag verabschiedete Stützungskonzept entspricht einer Auflage des Bundesamtes für das Kreditwesen.

Zwei Vorstandsmitglieder und ein Abteilungsleiter aus Hessen sind bereits über die Affäre gestürzt. Seit einigen Tagen ermittelt nun auch die Staatsanwaltschaft Erfurt wegen Untreue gegen zwei der gefeuerten Banker. Anzeigeerstatter ist der Kreis Mühlhausen, dessen Landrat Hilfreich Reinhold (CDU) jetzt unter Druck gerät: Die SPD fragt hartnäckig, ob Verwaltungsrat und Kreditausschuß ihre Aufsichtspflicht verletzt haben. Beiden Gremien sitzt der Landrat vor.

Indes hält sich Reinhold aus der öffentlichen Diskussion heraus. Er verweist darauf, daß allein der Vorstand die Geschäftsführung wahrnehme. Der amtierende Vorstandsvorsitzende Kurt-Dieter Schrauth mußte seinen Vorgängern bescheinigen, daß die Kreditvergabe „großzügig und nicht immer banküblichen Gepflogenheiten entsprechend" abgelaufen sind.

Sparkasse Mühlhausen: 33 Millionen Verlust

Vorstand will überwiegenden Teil der Negativbilanz durch Sparkassenstützungsfonds ausgleichen

Mit einem Bruttoverlust von rund 33 Millionen Mark hat die Prüfungsstelle des Sparkassen- und Giroverbandes die Kreditprüfung der **Kreissparkasse Mühlhausen** zum Stichtag 31. Dezember 1992 abgeschlossen. Der jetzt bekannt gewordene Jahresbericht belegt: Die zu Beginn des Jahres prognostizierten positiven Erwartungen wurden nicht erfüllt.

Vorstandsvorsitzender Kurt Schrauth sprach gestern ausdrücklich von „möglichen, noch nicht eingetretenen Kreditverlusten". Verantwortlich dafür machte er die „allzu großzügige, nicht immer bankübliche Gepflogenheiten entsprechende Kreditvergabe-Praxis" des im September gefeuerten Vorstandes, ohne jedoch diese Praktiken näher zu kennzeichnen. Als Konsequenz mußte im Mai diesen Jahres auch ein Abteilungsleiter seinen Hut nehmen. Spektakulärster Fall: Der Verlust aus der Kreditvergabe an die Scholdan-Gruppe in Höhe von 23 Millionen DM, in dessen Zusammenhang auch strafrechtlich ermittelt wird.

Schrauth bezeichnete gestern auf TA-Anfrage ein in Umlauf gebrachtes Papier, worin von einem Verlust in Höhe von 65,5 Millionen DM gesprochen wird, als „vieles dummes Zeug". Möglicherweise würden hierbei politische Absichten verfolgt, die auch auf eine letztliche Verhinderung der von beiden Kreistagen und den Vorständen abgesegneten Fusion zwischen den Kreissparkassen Mühlhausen und Bad Langensalza zielten.

Das Unterstützungskonzept für den Ausgleich des Verlustes sieht den Angaben zufolge vor, den größten Teil mit Zustimmung des Sparkassen- und Giroverbandes aus dem sogenannten Sparkassenstützungsfonds zu sichern. In der Pflicht ist dabei auch der Kreistag als gesetzlicher Gewährträger und die Sparkasse selbst aus ihrer künftigen Gewinnbilanz. Zu welchen konkreten Anteilen, wollte sich Schrauth gestern mit dem Hinweis auf die noch fehlenden Zustimmungen seitens der Beschlußgremien noch nicht äußern. Der Kreistag wird sich am 16. Juli in einer geschlossenen Sitzung mit dieser Problematik befassen.

Der Vorstandsvorsitzende verwies mit dem Bezug auf gegenwärtige Diskussionen zur Kompetenz des Kreditausschusses, dessen Vorsitzender Mühlhausens Landrat Hilfreich Reinhold (CDU) ist, im besonderen darauf, daß die Verantwortlichkeit bei Kreditentscheidungen allein beim „fachlich qualifizierten Geschäftsführungsorgan", also dem Vorstand der Sparkasse, liegt. Der Kreditausschuß übe nur eine interne Zustimmungsfunktion aus. Die Frage, welche Auswirkungen im übrigen die Verluste für die Sparer haben, beantwortete Schrauth gestern mit: „Keine". Für solche Fälle habe der Gesetzgeber entsprechende Mechanismen geschaffen, sagte er.   Jürgen WAND

Managern drohen höhere Haftstrafen

Sparkassenprozeß: Kredite mißbraucht

Mühlhausen. (dpa/tlz) Im Prozeß gegen drei Sparkassen-Manager vor dem Landgericht Mühlhausen hat die Staatsanwaltschaft gestern Haftstrafen von mehr als drei Jahren gefordert. Die drei beschuldigten Sparkassen-Beschäftigten im Alter von 35, 57 und 58 Jahren hätten sich der Untreue schuldig gemacht und müßten Gefängnisstrafen von jeweils drei Jahren und drei Monaten erhalten. Die Verteidiger plädierten dagegen auf Freispruch. Sollte das Gericht ein vorsätzliches Handeln der Manager erkennen, könne eine Bewährungsstrafe verhängt werden.

Die Urteile in dem Prozeß sollen heute fallen. Die ehemaligen Manager der Kreissparkasse Mühlhausen müssen sich wegen Untreue und überzogener Kreditvergabe verantworten. Laut Anklage haben sie 1992 bewußt zugelassen, daß ein Bauträger-Unternehmen sein Kontokorrentkonto kontinuierlich überzogen hat. Durch nicht zurückgezahlte Kredite soll ein Schaden von 20 Millionen Mark entstanden sein. Den Männern war eine unübliche Handhabung des Kreditkontos bescheinigt worden. Entgegen dem üblichen Vorgehen habe der Bauunternehmer Schecks für das Konto erhalten, so daß seine Geldbewegungen für die Sparkasse kaum nachvollziehbar waren.

Sparkassendirektor weg!

Personelle Veränderungen im Vorstand der Sparkasse Unstrut-Hainich

Mit Ablauf des Monats Januar 1995 ist Sparkassendirektor Hans Henrichs aus dem Vorstand der Sparkasse Unstrut-Hainich ausgeschieden.

Henrichs kam am ersten Juli 1993 von der Kreissparkasse Trier-Saarburg zur Sparkasse Mühlhausen und war hier für das Kreditgeschäft zuständig.

Seine bisherigen Aufgaben werden bis auf weiteres von den beiden anderen Vorstandsmitgliedern Manfred Pape (Vorstandsvorsitzender) und Erwin Gerlach wahrgenommen.

Nach Auskunft von Landrat Zanker, Vorsitzender des Verwaltungsrates der Sparkasse, soll die vakant gewordene Vorstandsposition ausgeschrieben werden.

Mühlhausen: Sparkasse kommt nicht zur Ruhe

MÜHLHAUSEN ■ Ausfälle im Kreditgeschäft haben bei der Kreissparkasse Mühlhausen im Jahr 1992 zu Brutto-Verlusten in einer Höhe von 33 Mio. Mark geführt. Diese Zahl nannte der Vorstandsvorsitzende des Instituts, Kurt-Dieter Schrauth, gestern abend vor Journalisten.

Die Prüfung des Sparkassen- und Giroverbandes Hessen-Thüringen ergab in den letzten Wochen, daß das Institut nicht nur durch die sogenannte Scholdan-Affäre Schaden genommen hat. Es habe weitere risiko-behaftete größere Kreditfälle gegeben.

Der frühere, inzwischen entlassene Vorstand, der aus Hessen kam, habe „eine allzu großzügig und nicht immer banküblichen Gepflogenheiten entsprechenden Kreditvergabepraxis" geführt. Für die Ausfälle soll überwiegend der Feuerwehr-Fonds geradestehen.

Im Fall Scholdan müsse von einem Total-Ausfall in Höhe von derzeit elf Mio. Mark ausgegangen werden. Das Unternehmen wollte in Mühlhausen einen Industrie-Park aufziehen und erhielt dafür Kredite. Über Nacht zog sich der von der Treuhand empfohlene Wiesba-

11. März 1995 ✳ BILD ✳

Leichtgläubig Kredit gewährt: 20 Millionen Mark sind weg

1. Verhandlungstag zum Mühlhäuser Sparkassen-Skandal

Der gestrige erste Prozeßtag vor der Wirtschafts-Strafkammer des Mühlhäuser Landgerichts gegen drei ehemalige leitende Mitarbeiter der Kreissparkasse Mühlhausen mußte in eine längere Mittagspause gehen, als ursprünglich dafür eingeplant war. Die Verhandlung drohte nämlich in eine Sackgasse zu geraten, weil einige Unterlagen, die für den Prozeß nicht unerheblich zu sein scheinen, nicht vorlagen.

Auf der Anklagebank sitzen Meinhard C. (35, Ex-Vorstandsvorsitzender der Mühlhäuser Sparkasse), Theodor R. (58, Vorstandsmitglied) und Franz W. (57, Leiter Kreditabteilung) – alle drei kommen aus Hessen, zwei sind jetzt in Sachsen zu Hause. Angeklagt wegen des Verdachts der Untreue, wird ihnen vorgeworfen, unter gröblichster Mißachtung einschlägiger Banken-Regeln zugelassen zu haben, daß ein Bauträger-Unternehmen, die Scholdan-Gruppe aus Wiesbaden, das Konto bei der Sparkasse mit mehr als 22

Millionen überziehen konnte. Schaden für die Sparkasse: über 20 Millionen Mark.

Zu Prozeßbeginn war noch unklar, ob der dem Gericht vorliegende Kaufvertrag (für ein Mühlhäuser Industriegelände) zwischen der Treuhand und der Scholdan-Gruppe zu jenen Dokumenten gehörte, nach denen die Sparkasse ihre Entscheidung zur Ausreichung eines zunächst auf fünf Millionen festgelegten Kontokorrent-Kredits getroffen hatte. Eine für den Prozeßverlauf wichtige Frage, da das Vertragswerk wohl nicht rechtskräftig („schwebend unwirksam") war, wie die Vorsitzende Richterin feststellte.

Die Staatsanwaltschaft erwirkte also in der Mittagspause einen Durchsuchungsbeschluß für die Sparkasse; doch außer zwei Ergänzungsverträgen fand man nur den bereits bekannten Vertrag.

Deutlich wurde schon an diesem ersten der insgesamt 9 Hauptverhandlungstage: Die Sparkasse ist dem gewieften

Unternehmer auf den Leim gegangen. Mit möglicherweise manipulierten Unterlagen konnte er nach der Krediteröffnung (am 22. November 1991) bis zum 8. Mai 1992 ungehindert insgesamt 22,2 Millionen Mark abheben, womit die eingeräumte Kredit-Linie (fünf Millionen) weit überschritten wurde.

Die Sparkassen-Manager haben, so die Anklage, die Verwendung der Summe für den Kreditnehmer entgegen aller Vorschrift nicht geprüft, Geldverfügungen nicht gesperrt, keine Rückbuchung veranlaßt. Sie sollen zudem bei der Vermögensdarlegung des Unternehmers die Daten nicht durch Gutachten der Sparkasse geprüft, sondern nur per Fax und Telefon bei Banken nachgefragt haben. Unverständlich für das Gericht, daß das als Sicherheit genügte – auch angesichts eines nicht unwirksamen Kaufvertrages und nicht eingetragener Grundschuld.

Die Verhandlung wird morgen fortgesetzt. Jürgen WAND

BILD – die auflagenstärkste Kaufzeitung in Thüringen

Sparkassen-Prozeß von Mühlhausen

Erwischt! 22-Mio-Gauner geht an der Nordsee spazieren

Von EBERHARD LAIB und BERND BEUTNER

Mühlhausen – Er zog drei Bankchefs über den Tisch, sahnte 22 Mio Mark ab. Der Wiesbadener Baulöwe Klaus Scholdan (56) ist Schlüsselfigur im Kreissparkassen-Prozeß von Mühlhausen.

Seine Geschäftspartner haben ihn vier Jahre nicht

mehr gesehen: Ex-Sparkassenchef Meinhard Clobes (35), Vize Theodor Richter (58) und Kreditvorstand Franz Wanschura (57) sind am Landgericht wegen Betruges angeklagt.

BILD spürte den 22-Mio-Gauner auf der Nordsee-Insel Wangerooge auf. 1,65 Meter klein, korpulent, graue Haare.

„Herr Scholdan, was ist aus dem Geld geworden?" Er winkt ab, rennt davon. nach Mühlhausen kommen. Im Kurhaus des Nordsee-Heilbades hat Scholdan eine Freundin Heidi B. das seine Restaurant „Graf Luckner" gepachtet. Sie leben in einer 100-Quadratmeter-Wohnung.

Richterin Karin Danielowski hat Scholdan für den

22. März als Zeugen geladen. „Höchst fraglich, ob er dem Geld einfach folgt."

Gegen den Baulöwen ermittelt das Staatsanwaltschaft Wiesbaden wegen schwerer Betruges. Die Akte ist inzwischen 1500 Seiten dick. Justiz-Sprecher: „Mit den 22 Millionen aus Mühlhausen stopfte er Kreditlöcher bei anderen Banken."

Allerdings: Die Ex-Manager der Kreissparkasse hocken es ihm einfach gemacht.

Am zweiten Prozeßtag kam gestern heraus: Sie gewährten Scholdan am 22. November 1991 einen 5-Mio-Kredit für seinen „Unternehmenspark" – und drückten ihm gleich 30 Schecks in die Hand.

„Völlig unüblich", sagt Zeugin Ursula B. (47). Die Ex-Justitiarin der Sparkasse: „Niemand konnte kontrollieren, was er mit dem Geld machte!"

Scholdan bediente sich schamlos. Erst als Kredit-Vorstand Wanschura im Urlaub war, schlug ein aufmerksamer Bankangestellter Alarm.

Manager erhielten ein mildes Urteil

Bewährungsstrafen im Mühlhäuser Sparkassen-Prozeß

Mühlhausen. (dpa/tlz) Das Landgericht Mühlhausen hat drei ehemalige Führungskräfte der Kreissparkasse der Nordthüringer Stadt wegen einer völlig überzogenen Kreditvergabe zu Bewährungsstrafen von jeweils zwei Jahren verurteilt. Die Männer im Alter von 35, 57 und 58 Jahren hätten sich der gemeinschaftlichen Untreue schuldig gemacht, sagte die Vorsitzende Richterin der Wirtschaftsstrafkammer gestern bei der Urteilsbegründung. Das Urteil blieb deutlich hinter dem Antrag der Staatsanwaltschaft zurück, die Haftstrafen von mehr als drei Jahren gefordert hatte.

Laut Anklage hatten die Chefs des Geldinstituts zugelassen, daß ein Bauunternehmer in den Jahren 1991 und 1992 ein Kontokorrentkonto mit fast 22 Millionen Mark belastete, statt wie vereinbart mit fünf Millionen. Bei den solide ausgebildeten Managern hätte es nach einer Auskunft der Heimatbank des Bauträgers Scholdan OHG (Wiesbaden) klingeln müssen, zitierte die Richterin eine Zeugin. Stattdessen hätten sie den Bauunternehmer mit Schecks ausgestattet und seien auch nicht argwöhnisch geworden, als dieser sein Konto mit glatten Summen kontinuierlich überzog. Die Sparkassenführungskräfte hätten außerdem den Kreditausschuß ihres Instituts bei der Kreditvergabe vor vollendete Tatsachen gestellt und wichtige Details verschwiegen. Auch bei der Eintragung von Grundschulden beim Amtsgericht zur Absicherung der Kredite habe es Unstimmigkeiten gegeben.

Der Kreissparkasse Mühlhausen ist wegen des überzogenen Kontos ein Schaden von mehr als 20 Millionen Mark entstanden. Das hessische Bauunternehmen hatte angegeben, mit dem Kredit Vorlaufkosten für die Einrichtung eines Unternehmensparks begleichen zu wollen. Gegen den Chef der Firma läuft derzeit ein Verfahren in Wiesbaden.

Montag, 98/18
28. April 1997, 60 Pf

Förder-Hokuspokus treibt Zauberer in die Pleite

Der Trick mit dem Geldschein geht locker von der Hand – aber Bergfelds Schulden sind nicht wegzuzaubern. Foto: WOLFF

Waltershausen (Gotha) – „Alles fauler Zauber!", murmelt **Werner Bergfeld (48)**. „Ich träum' schon vom Gerichtsvollzieher. Alles futsch!"

Der **Profi-Magier** zieht seit 21 Jahren Tauben aus dem Zylinder. Aber Geld ist nicht darin zu finden. Sein Pech begann 1992: Bergfeld kauft ein Gasthaus in Gräfenhain, baut es für 740 000 Mark zum „Zauberschloß" mit Show-Bühne um.

Die **Sparkasse Mühlhausen** bastelt einen Finanzierungsplan mit **23 Prozent Investitionszulage**. Aber: Keine Fördermittel ohne Gästebetten!

Bergfeld: „Das hätte die Kasse doch wissen müssen!" Übrigens: Der Kreditchef, der das verbockt hat, erhielt danach wegen Untreue (bei einer 22-Millionen-Pleite) **zwei Jahre Knast mit Bewährung**.

Das Finanzierungs-Chaos muß Bergfeld allein tragen – „Zauberschloß" dicht, Ehefrau abgehauen, Gerichtsvollzieher ratlos: Nichts zu holen.

„Ich hab' nur noch meinen 10 Jahre alten Opel-Omega." Mit dem kutschiert er im Mai nach **Tunesien** – als Zauberer in Urlauber-Hotels. ***ass***

1996 - 1997 Arabische Zeit

1 3. April 1996 6.00 Uhr morgens
Ich stehe an der Reeling der MS Splendit. Mit dieser Fähre bin ich, von Genua kommend, über Palermo nun im Hafen von Tunis. Die Sonne ist bereits aufgegangen und ich schaue vom Schiff auf meine neue Heimat.

Es ist das erste Mal, dass ich auf einem Fährschiff bin. Die Fähre ist 188 Meter lang, 27 Meter breit und 1994 fertiggestellt. Es gibt zehn Decks, davon sind vier Decks nur für Autos. Hier stehen Busse, LKWs und auch mein Mercedes Transporter. Er hat es bis hierher geschafft, Allah sei Dank, um es in der Sprache meiner neuen Heimat zu formulieren.

Ich hatte noch mal mit Nassiah telefoniert. Sie ist Verkäuferin im Hotel Tej Marhaba und spricht gut Deutsch. Sie wird mich abholen und mir helfen.

Zuerst werde ich in einem Hotel wohnen, später werde ich mir eine kleine Wohnung suchen. Ich bin allein und auch vollkommen auf mich allein angewiesen. Die letzten Tage hatte ich noch einiges aus dem Zauberschlösschen verkaufen können, so unter anderem meinen Tresor.

Ich hatte knappe 10.000 DM zur Verfügung. Nach Abzug der Fahrtkosten, Ticket für die Fähre, Spesen etc habe ich noch circa 8.500 DM. Viele Gedanken gehen mir durch den Kopf. War es gut, Deutschland so schnell zu verlassen?

Ich habe auch meine Mutter, meinen Bruder, meine Schwester, meine Freundin Susanne und vor allem meinen Sohn Tobias verlassen. Nicht alle konnten meinen Schritt verstehen. Aber ich war Dank der Sparkasse Mühlhausen in eine Situation geraten, die ich mir so nicht gewünscht hatte.

Was wird aus meinem Traum, dem Zauberschlösschen?

Viel Zeit und viele Ideen hatte ich investiert.

Doch nun stehe ich an der Reeling. Die Fähre hat mittlerweile angelegt. Die Formalitäten werden an Bord erledigt. Dann geht es zu den Fahrzeugen. Nur noch durch den Zoll, dann eine Stunde mit dem Auto die Autobahn bis Sousse, der größten Touristenmetropole in Tunesien.

Ich reihe mich in eine Schlange von Autos ein und erwarte die obligatorische Zollkontrolle.

Ich hatte zwar eine Liste aller Dinge, die ich mitführe, aufgestellt, aber die Zollbehörden verstanden kein Deutsch und ich kein Französisch.

Nur eines verstand ich: Um hier zu arbeiten, brauche ich einen Vertrag.

Den hatte ich im Moment nicht. Fazit: Das Auto bleibt mit allem stehen, meine Privatsachen kann ich mitnehmen. Trotz eines Dolmetschers gelang es mir nicht, mein Auto mitzunehmen. Mit einem Taxi fuhr ich dann nach Sousse. Nächste Woche wollte ich alles klären, noch ahnte ich nicht, wieviel Stress und Kosten noch auf mich zukommen würden. Der Dolmetscher kostete mich 100 DM, das Taxi über 100 DM. Die Lagerkosten für Auto mit Inhalt konnte ich noch nicht erahnen.

Im Hotel Tej Marhaba angekommen, suchte ich gleich nach Nassiah.

Aber es war Sonntag und sie kommt erst am Montag. Nun ja, einen Tag konnte ich auch noch verschmerzen. Heute weiß ich, dass Zusagen, vor allem feste Termine mit Zeitzusagen, in der arabischen Welt eigene Gesetze haben.

Mein Gespräch mit Nassiah ergab nichts. Sie war nett und freundlich, aber ich hatte das Gefühl, sie konnte oder wollte mir nicht helfen.

Erst viel später sollte ich die ganze Wahrheit erfahren.

Nassiah war früher die heimliche Geliebte meines späteren Hausvermieters, nennen wir ihn hier einfach Monsieur Salim.

Davon erfuhr ich aber erst, als sie einen neuen Liebhaber hatte.

Ich erfuhr es von ihm selbst. Er hatte sie von der Straße aufgelesen, ihr einen Job gegeben, sich um sie gekümmert. Er sah in mir erst einen Konkurrenten, ich aber brauchte Nassiah zum Dolmetschen, Kontakte knüpfen.

Nach zwei Wochen Hotel, ich wohnte im Hotel Tour Khalef, zog ich in das Haus von M. Salim. Ich hatte eine große Wohnung mit zwei Schlafzimmern, Küche, Bad, separater Toilette, großem Wohnzimmer und Balkon. Alles ca. 100 m2 und voll möbliert. Es gab einen Marmortisch, Couch mit Samtbezug, Kristallkronleuchter. Der Fußboden war landestypisch gefliest. Die Miete kostete 400 Dinar (640 DM) pro Monat inklusive. Wasser, Strom etc. Ein normaler Arbeiter in Tunesien verdiente zu diesem Zeitpunkt 200 Dinar im Monat. Zum Thema Zoll gab es noch Probleme. Ohne Vertrag keine Requisiten, aber ohne Requisiten konnte ich nun mal nicht arbeiten. Die Katze biss sich in den Schwanz. Was sollte ich tun? Man muss sich Folgendes vorstellen:

In einer Baracke des Zoll lagerten seit Wochen meine gesamten Requisiten, die gesamte Ton und Beleuchtungstechnik, mein Computer mit Zubehör.

Ebenso meine gesamten CDs und meine Videokassetten.

Beides musste noch überprüft werden, ob es sich um Pornomaterial handelte.

Nun ja, ich wohnte jetzt in einem islamischen Land. Es galt, die Sitten und Gebräuche zu akzeptieren.

Und so stehen fein säuberlich in meinem Pass 62 CDs und 119 Videokassetten aufgelistet. Ich bezweifele, ob man je alles überprüft hat. Ich bekam alles nach sieben Wochen wieder. Allerdings kostete mich dies noch eine Lagergebühr für Auto und Requisiten etc von 650 Dinar (1040 DM). M. Salim habe ich viel zu verdanken. Doch, dass ich alles wiederbekam, verdanke ich einzig und allein einem Menschen, Martin Orlemans von Neckermann in Tunesien.

Orlemans ist Holländer, arbeitete für Neckermann in den verschiedensten Ländern und war nun Gebietsleiter für Tunesien. Zu dieser Zeit gab es die ersten „family clubs". Das sind kinderfreundliche Hotels. Er machte mir folgendes Angebot:

Sie erstellen für uns ein Kinderprogramm mit Zauberer und Clown. Dieses Programm läuft in den Neckermann-Hotels als zusätzliches Dankeschön für die Neckermann-Kunden. Nun hatte ich einen Vertrag, hatte meine Requisiten. Die ersten Hotels standen auch schon fest:

1. Marhaba Club
2. Nesrine
3. Palm Garden
4. Sahara Beach alle Hotels im Raum Sousse / Monastir

Später kamen noch einige andere Hotels dazu. Ich war sofort mit allem einverstanden. Auch die Gage war ok, mein Geld gab es in Schweizer Franken. Nun brauchte ich noch einen Clown. Ich brauchte einen Noni. Alle meine Clowns hießen Noni.

Mein erster Noni war meine erste Frau Marietta, später waren es Hans Dampf und auch Paul (Butler James). Nach der Trennung von Dampf und James übernahm ein ehemaliger Techniker die Rolle des Clowns. Danach wieder mein Sohn Tobias. Leider konnte ich ihn nicht dazu bewegen, nach Tunesien zu kommen.

Nun suchte ich einen neuen Noni. Er musste binnen kurzer Zeit die Rolle können, sollte natürlich Deutsch sprechen. Ich sagte Herrn Orlemans zu, binnen einer Woche startklar zu sein.

Und ich fand einen Noni.

Er hieß Karim Chilli, war zu diesem Zeitpunkt 23 Jahre alt und arbeitete als Schmuckverkäufer im Hotel Tej Marhaba. Auch hatte er Erfahrung im Bereich Animation. Er sprach sehr gut Deutsch.

Karim sprach von Haus aus Arabisch, Französisch, Englisch. Später kam noch Italienisch dazu. (Bei einer italienischen Reiseleiterin lernte er nicht nur Italienisch.) Ich brauchte nicht viel Zeit, Karim für seinen neuen Job zu begeistern. Um es vorweg zu nehmen. Er machte seine Sache sehr gut. Später wurde er mein Assistent auf der Bühne, ich habe mit ihm meine schnellste Fluchtkiste vorgeführt, er war Techniker und er war der Clown. Ich zahlte ihm ein Anfangsgehalt von 200 Dinar im Monat und alle Spesen. Nach einigen Wochen legte ich noch etwas drauf. Er war sein Geld wert. Jeden verdienten Dinar gab er zu Haus ab. Seine Eltern hatten eine Rente von zusammen circa 110 Dinar. Er erklärte es mir so:

Im Koran steht, dass du denjenigen, von denen du was gelernt hast, ein Leben lang zu Dank verpflichtet bist. Das sind die Eltern, die Lehrer.

Er wohnte zu Hause, bekam sein Essen und Trinken. Nun war er der Großverdiener. Eines Tages luden mich seine Eltern zum Essen ein.

Die Wohnung war sauber, aber alles sehr einfach eingerichtet.

Begrüßt wurde ich von seinem Vater in der Tür mit arabischem Minze-Tee.

Es gab Kuskus, ein arabisches Nationalgericht. Mir zu Ehren war dieser Abend gemacht. Man wollte extra für mich noch Wein besorgen. Ich lehnte dankend ab und trank Wasser wie die Gastgeber. In Tunesien habe ich gelernt, mit wenig zufrieden zu sein. Wer wenig besitzt, gibt denen ab, die noch weniger haben. Karim erzählte mir mal, wie er als Kind mit seinem Vater in der Wüste war und mit nur einem Schluck Wasser den Tag verbringen musste. Es war genug da, er sollte nur lernen, einzuteilen. Wasser gilt auch heute noch in der Wüste als sehr wertvoll.

Unser Kinderprogramm mit Noni lief gut an und so plante ich die nächste Stufe, unser Erwachsenenprogramm. Wir mieteten uns in einem Hotel in einem Raum ein. Hier stand unsere Spyder-Rückwand, unsere Tontechnik. Jetzt wurde geprobt. Karim fand eine Assistentin mit Namen Wahida. Nun stand unser Programm für abends. Die Gagen liefen extra und sind aber nicht mit deutschen Gagen vergleichbar. Das Leben in Tunesien war auch preisgünstiger.

Ein Liter Benzin kostete weniger als 1 DM, der Liter Diesel ca.50 Pfennig In meinem Stammkaffee trank ich den Kaffee für 200 Melim (32 Pfennig) Ich galt als Tunesier, deutsche Touristen am Nachbartisch zahlten einen Dinar.3 Spiegeleier mit Salat und Pommes frites und einer Cola gab es für 2 Dinar (3,20 DM).

Ein größeres Problem war mein Mercedes Transporter.

Ich hatte Probleme mit dem Motor. Für vier neue Zylinder mit Einbauen inklusive aller Arbeiten zahlte ich 400 Dinar (640 DM). Der Chef der Autowerkstatt machte das zu Hause auf dem Hof. Auf einer alten Wolldecke lag das gesamte Innenleben des Motors. Sein Sohn, fünf Jahre, spielte munter mittendrin. Für mich grenzte es an Zauberei, als hinterher mein Auto wieder lief.

Andere Länder – andere Sitten. Es waren für mich die tollsten Eindrücke.

Ich lernte Ganoven kennen und ehrliche Menschen.

Die Ganoven trugen meist Anzug, die ehrlicheren waren ärmlicher angezogen. Unsere Programme liefen gut. Am Nachmittag war Kinderprogramm, abends in den Hotels als Show Programm für Erwachsene.

Nehme ich z. B. den Juli 1995, so komme ich auf 37 Termine.

Wir arbeiteten im Emir Palast, im Riad Palms, im Ruspina oder im Orient Palast, um nur einige Hotels zu nennen. Meistens waren es 4- oder 5-Sterne-Hotels. Die meisten Hotels waren in Sousse, unser Arbeitsgebiet ging aber auch bis Port El Kantaoui bzw. bis nach Monastir.

Es gab aber auch einen Haken. Die Saison läuft nicht ewig.

Mein Vertrag endete im Oktober 1995 und so musste ich wieder Ende der Saison nach Deutschland zurück. Vor diesem Gedanken graute mir. Aber noch war Sommer, und außerdem hatte ich eine Russin, Natalie, kennengelernt.

Natalie saß mit ihrer Freundin im Hotel Tour Khalef.

Es war der 19.05 1995. Ein Sonntag.

An einem Tisch im Foyer des Hotels saßen zwei Frauen. Beide sahen gut aus, besonders die Blonde. Ich versuchte es auf Französisch und Englisch. Dann auf Deutsch: „Oder sprecht ihr Deutsch?" Die Blonde antwortete:

„po russki." Oh je, Russisch durfte ich in der Schule lernen. In der DDR war Russisch Pflichtfach und die Nr.1 der Fremdsprachen.

Also kramte ich im letzten Winkel meines Gehirns nach Worten.

Mein Russisch muss damals grauenhaft gewesen sein. Aber wir kamen schon irgendwie klar. Sie wohnte im Hotel Tour Khalef. Genau wie ich am Anfang. Sollte das alles Zufall sein?

Eines Tages wurde mein Mercedes Transporter aufgebrochen, allerdings nur das Fahrerhaus. Es fehlten mein Radio (uralt, 50 DM wert) und einige Kassetten. Ich erstattete bei der Polizei Anzeige.

Seltsamerweise war nur mein Auto aufgebrochen. In unserer Straße standen Volvo und Mercedes, es war eine vornehme Gegend. Im Volvo meines schwedischen Nachbars befand sich ein Radio mit über 1000 DM Wert. Bei der Polizei wurden gleich meine Fingerabdrücke genommen. Zum Vergleich, wie man sagte. Niemand nahm Fingerabdrücke im Auto. Warum auch? Ich sagte dem zuständigen Polizisten: „Das hätten Sie auch einfacher haben können. Da brauchten sie nicht gleich das Auto aufbrechen." Plötzlich verstand er kein Wort Deutsch mehr. Ok, aber ich hatte verstanden. Die nächsten drei Wochen fuhr öfter dasselbe Auto hinter mir her, ganz unauffällig. Meine Recherchen ergaben Folgendes:

Es betraf Nassiah. Ihr Bruder gehört einer verbotenen extremistischen Gruppe an. Er saß im Gefängnis. Seine Rechte waren ihm aberkannt worden Nassiah hatte mit 27 Jahren ihren ersten Selbstmordversuch unternommen Sie bettelte Touristen um Geschenke an. Sie sah gut aus und auch ich war ihr am Anfang zugetan. Ich borgte ihr einmal 210 Dinar. Wochen später fragte ich mal nach. „Was für Geld?", das war ihr Kommentar.

In meinen ersten Wochen lernte ich Hamadi kennen. Er war Lehrer für Deutsch und sprach auch sehr gutes Deutsch. So plötzlich, wie ich ihn kennenlernte, so plötzlich verschwand er auch wieder. Ich hatte immer das Gefühl, einen Schatten neben mir zu haben. Oder mein Assistent Mohamed. Er machte einen gebildeten Eindruck, sprach Englisch. Er arbeitete bei mir als Techniker für wenig Geld. Warum? Später traf ich ihn einmal per Zufall im Polizeikommissariat wieder. Er war in Zivil, wurde aber von höheren Polizeioffizieren gegrüßt. Ihm war es sehr peinlich, mich dort zu treffen. Ich musste lachen. Nun wusste auch ich Bescheid. Es gab also nicht immer freundliche Erlebnisse. Aber wie gesagt, die Bösen waren meistens gut angezogen. Ein Polizist sagte mir einmal, dass solche Ereignisse wie in Algerien in Tunesien nicht passieren werden. Die Extremisten unter den Moslems dürften nicht an die Macht. Auch entsinne ich mich einmal, von der Polizei gefragt worden zu sein, ob Bergfeld ein jüdischer Name ist und ob ich schon mal in Israel war. Weder bin ich Jude, noch habe ich für den israelischen Geheimdienst gearbeitet. Ich wollte immer nur auf der Bühne stehen und zaubern – weiter nichts!!!

Zurück zu Natalie und mir und zu unserer schönen Zeit in Tunesien.

Doch auch ihr Visum ging zu Ende. Das Problem Visum sollte uns noch oft einholen. Und ich wollte sie unbedingt wiedersehen. Sie kam wieder im August. Zuerst wohnte sie im Hotel Marhaba Beach. Dann zog sie zu mir ins Haus. Irgendwann stand die Polizei vor der Tür und stellte viele Fragen. Zu diesem Zeitpunkt war ich noch mit Gitta verheiratet. Natalie war ledig und wohnte mit mir unter einem Dach. Ich versuchte dem Polizist zu erklären, dass Natalie meine Haushälterin ist und sie für mich arbeitet, kocht, wäscht. Ich schlafe im Schlafzimmer und sie schläft im Gästezimmer. Er wollte mir einfach nicht glauben, im Inneren musste ich selber laut lachen bei dieser Vorstellung.

Im islamischen Tunesien ist das anders als vielleicht in Deutschland oder Spanien. Er erzählte irgendetwas von Gefängnis-Sitten-Polizei und ich musste mir schnell was einfallen lassen.

Ich nahm den Offizier zur Seite und erklärte ihm Folgendes: Natalie ist nur mein Aushängeschild, ich selber stehe auf Männer. Ich wollte das aber nicht so offiziell machen. Jetzt verstand er mich, sein toller Augenschlag verriet es mir. Er schrieb ein

Protokoll auf Arabisch, ich unterschrieb. Irgendwo im tunesischen Polizeiministerium liegt nun ein Protokoll mit dem Inhalt, dass ich auf Männer stehe. Der Leser dieser Zeilen möge schmunzeln, die Leute, die mich persönlich kennen, werden brüllen vor Lachen. Ich kam aber um eventuell Gefängnis, Ausweisung oder Geldstrafe rum. Nun ja, andere Länder – andere Sitten. Nun wohnte Natalie offiziell bei mir. Leider musste sie aus Gründen von Pass und Meldeverordnungen mich wieder verlassen.

Ihr Visum war wieder mal abgelaufen. Sie fuhr Ende September zurück nach Moskau und wir vereinbarten, uns im nächsten Jahr wieder in Sousse zu treffen. Zwischendurch besuchte mich noch Susanne in Sousse. Aber ich musste eine Entscheidung fällen. Was sollte ich tun?

Ich ging Mitte Oktober zurück nach Deutschland und wohnte wieder bei Susanne. Der Zoll ließ mich Tunesien noch einmal richtig auskosten.

Irgendwelche Papiere fehlten noch und Stempel. Und so musste ich noch einmal zahlen. Zwischendurch verzögerte sich die Abfahrt des Schiffes um drei Stunden. Nur nach dringenden Worten des Kapitäns gelangte ich aufs Schiff. Mein letztes Geld war mir noch abgeknöpft worden. Ich hatte noch Geld für Tanken, das war's. Meine Verpflegung für die Heimfahrt bestand aus zwei Brötchen, einem Apfel, einer Cola und etwas harter Wurst. Aber ich wollte wiederkommen. Aber jetzt musste ich erst zurück nach Deutschland, dem Land, das ich nie wiedersehen wollte.

Meine Gedanken wechselten immer wieder zwischen Susanne und Natalie. Aber Margitta wohnte ja auch gleich noch in meiner Nähe...

Im Stillen plante ich schon meinen Start für 1996 nach Tunesien.

Herr Orlemans gab mir einen neuen Vertrag.

Kapitel VI   1996 – 1997   75

Die Zwischenzeit in Deutschland ergab nichts wesentlich Neues zum Thema Sparkasse. Inzwischen hatte ein Herr Hofmann das Sagen.

Mein Fehlen hatte zwischendurch allerdings niemand von der Sparkasse bemerkt. Herr Hofmann war der erste, der Fehler der Sparkasse einräumte.

Auch hier hörte ich den Satz, den ich schon so oft gehört hatte:

„Ich schaue mir erst mal Ihre Akten an. Dann machen wir einen Termin. Wir müssen nach Aktenlage entscheiden. Ich bin jetzt für Sie zuständig. Vertrauen Sie uns."

„Wir müssen beide Federn lassen", so sein Kommentar.

Nun glaubte ich, mit Herrn Hofmann einen Mann gefunden zu haben, mit dem man sachlich reden konnte. Er sagte uns auch zu, ich war mit Margitta und unserem Anwalt in Mühlhausen, dass „wir die Kuh schon irgendwie vom Eise bekommen". Nach wie vor sei ich der Eigentümer vom Zauberschlösschen und es werde schon eine für alle akzeptable Einigung geben.

Nun wohnte ich wieder in Waltershausen. Meinen alten Mercedes Transporter konnte ich noch günstig verkaufen. Ich kaufte einen Opel Omega, dazu noch einen Anhänger. Mit einigen Veranstaltungen versuchte ich, mich über Wasser zu halten. Doch die Preise für Veranstaltungen waren immer mehr in den Keller gegangen.

„Die blühenden Landschaften" waren noch grauer, noch ärmer geworden. Und so fieberte ich dem erneuten Tag der Abfahrt entgegen.

Es war der 14. Mai 1997. Die Fahrtstrecke kannte ich ja noch. Immer nach Süden, durch die Schweiz, Italien bis Genua. Dieses Mal ging es direkt mit dem Schiff nach Tunis, wo ich am 15.05.1997 ankam. Dieses Mal mit einem Vertrag. Die Zollformalitäten waren binnen fünfzehn Minuten geklärt. Später erfuhr ich, dass der letzte Zollchef entlassen worden war und mit einem Strafverfahren wegen Korruption zu rechnen hatte. Der neue Chef war eine Frau. Für tunesische Verhältnisse (ein tunesischer Mann fährt nicht bei einem tunesischem weiblichen Taxifahrer mit) unmöglich bzw. kaum vorstellbar. Aber es funktionierte. Nun war ich mit dem Opel Omega und Hänger wieder in Tunesien. Im Hotelzimmer eine Flasche Wein mit Karte: „Herzlich Willkommen in Tunesien – Ihre Neckermann-Reiseleitung."

Natalie kam später als Assistentin dazu und ich hielt Ausschau nach Karim und Personal. Ich wohnte die erste Zeit im Hotel Alyssa in einem kleinen Bungalow. Später mietete ich wieder eine Wohnung in der Rue Afghanistan an. Mit Karim als Clown lief wieder unser Kinderprogramm.

Wahida, die Assistentin, war nicht mehr da und so kam Sabah neu dazu. Karim hatte sie ausgesucht und ich war mit ihrer Arbeit sehr zufrieden. Sie sah die Arbeit im Gegensatz zu Wahida. Nun stand unsere neue Besatzung mit Natalie und Sabah als Assistentin und Karim als Assistent und Techniker.

Sabah konnte außerdem Bauchtanz, und so bauen wir die Illusion mit der Puppe wieder in die Show ein.

Eine Kiste wird auf die Bühne gerollt. Unter einem Paravent erscheint eine Puppe. Man sieht nur das Oberteil auf der Kiste. Wenn die Kiste geöffnet wird, sieht man nur Zahnräder und ein Riesen-Uhrpendel. Mit einem überdimensionalen Schlüssel wird die Mechanik aufgezogen und die Puppe bewegt sich nach den Klängen einer Spieluhr roboterhaft hin und her. Alles wird mit einem Paravent kurz bedeckt, die Puppe ist verschwunden. Wieder sieht man nur die Mechanik. Erneut das Paravent und auf der Kiste steht Sabah. Die Musik wechselt in arabische Folkloremusik. Sie tanzt einen arabischen Bauchtanz. Wir stehen im Hintergrund und klatschen im Takt mit – Finale. Ich hoffe, Sabah und Karim irgendwann mal wiederzusehen.

Unsere Programme liefen und die Zeit verging. Ich lernte nebenbei einige Worte Arabisch und konnte sogar meinen Namen auf Arabisch schreiben.

Noch heute kann ich die Zahlen von 1 bis 10 auf Arabisch sagen. Auf einiges in der Schule konnte ich gern verzichten. Sprachen sollte man aber unbedingt lernen. Man kann sie immer im Leben brauchen. Mit Französisch habe ich mich immer schwer getan. Spanisch lernen fiel mir wesentlich leichter. Einige lustige Begebenheiten gab es natürlich auch. In Tunesien sind oft Polizeikontrollen. Wir kommen in eine Kontrolle und der Polizist fragt nach meiner Arbeit.

Ich antworte auf Arabisch: „ene sachar – ich bin Zauberer." Schon musste ich ihm einen Trick zeigen. Ich zeigte ihm den Trick, bei dem ein Bleistift einen Geldschein, in diesem Falle ein Zehn-Dinar-Schein, durchdringt (Misled). Der Schein ist danach in Ordnung und kann sofort kontrolliert werden. Karim saß kreidebleich neben mir, der Polizist schaute mich sehr merkwürdig an. Später sagte mir Karim, dass auf vorsätzliches Zerstören oder Vernichten von Geld in Tunesien Gefängnisstrafe steht.

Nun ja, der Schein war ja wieder ganz und ich fuhr weiter.

Keine zehn Kilometer die nächste Kontrolle. Zwei Polizisten, ich will meine Papiere zeigen, doch sie winken ab und lachen. Sie wollten den Trick mit dem Geldschein sehen, weiter nichts. Als ich später wieder an besagter Kontrollstelle vorbeikam, winkte man mich einfach vorbei und salutierte.

Andere Länder – andere Sitten.

In meiner Nachbarschaft war die Anmeldebehörde der Polizei und ich musste mich anmelden. Der Polizist fragte wiederum nach meiner Arbeit.

Er wollte auch gleich was gezeigt haben. Leider hatte ich nichts in der Tasche, aber im Auto lag noch eine Handschelle. Ich ließ mich im Büro fesseln, Handschelle kontrollieren und 1, 2, 3 stand ich frei vor ihm.

Er war sehr erstaunt, fragte aber nicht, wie es geht. Dann schloss er sein Büro, er besorgte ein Kartenspiel und ich musste ihm einen Kartentrick zeigen und lehren. Später fuhr ich ihn mit meinem Auto mal zu einem Einbruch.

Sein Dienstwagen war gerade unterwegs, man fuhr einen Umzug für einen Polizeikollegen. Ich fuhr mit Warnblinkanlage und vollem Licht quer durch Sousse. Er hing aus dem Fenster und gestikulierte wild mit den Händen. Für diese spontane Hilfe war er mir sehr dankbar.

Dann gab er mir seine Karte, beidseitig französisch und arabisch bedruckt und sagte: „Wenn du mal hast Probleme mit Polizei, du musst zeigen Karte und sagen, du mein Freund." Diese Karte hat mir später noch öfters geholfen.

Dann war ein großes Fest. Sousse stand im Finale des Landes-Pokals gegen die Polizeimannschaft von Tunis. Tunis musste gewinnen, so wie immer der BFC Berlin gewinnen musste. (Alte DDR Fußball Fans wissen, was ich meine). Sousse kämpfte und gewann. Dann war Chaos in Sousse. Karneval in Rio ist eine Lappalie dagegen. Ich bekam einen Schal vom Fußball-Club Sousse um und feierte einfach mit. Mitten im Stau hatte es mich erwischt, es gab kein Entrinnen. Nur gut, dass ich an diesem Abend frei hatte.

Einmal war ich als Kinderzauberer bei einem Chirurgen engagiert.

Man feierte das Fest der Beschneidung. Alle feierten, der kleine Junge, den es erwischt hatte, konnte allerdings nicht lachen. Das Kind wird feierlich bekleidet, mit Geldscheinen behangen und toll beschenkt.

Eine Riesenfeier der gesamten Verwandtschaft.

In Deutschland durchaus in der Größenordnung einer Hochzeit. Man erklärte mir genau, warum man das macht. Ich war der einzige Ausländer, noch dazu ein Nichtgläubiger.

Laut Koran ist Allah unfehlbar. Er macht alles richtig. Ich fragte:

„Wenn Allah alles richtig macht, warum schickt er dann Kinder auf die Welt, die „nachbearbeitet" werden müssen? Oder hat Allah einen Fehler gemacht und den Menschen nicht komplett erschaffen?"

Ein heißes Thema...

Leider konnte mir diese Frage niemand beantworten.

Alle Feierlichkeiten, auch der 1. Platz im Fußball, wurden ohne einen Tropfen Alkohol begangen.

Ebenso eine Hochzeit, auf der ich die Ehre hatte zu zaubern. Ich hatte immer versucht, den Kontakt zu der einheimischen Bevölkerung zu suchen, und fand ihn auch meist. Zauberei kommt immer gut an und schafft es, Kontakte aufzubauen. Doch irgendwann ging auch mein zweites Jahr in Tunesien dem Ende entgegen. Ein neuer Vertrag war nicht in Aussicht. Auch Neckermann musste sparen, und das beginnt bekanntermaßen zuerst bei der Kultur, bei der Unterhaltung.

Kurz vor Beendigung meines Vertrags musste ich Karim noch verlieren. Er musste zur Armee. Mit ärztlichen Attesten und einem Schreiben von mir hatten wir versucht, es vor uns herzuschieben. Meine Russin Natalie übernahm nun auch die Rolle des Noni. Leider ohne Text, aber sie machte es ganz gut.

Die letzten zwei Monate wohnte ich dann wieder im Hotel Jockey Club in Monastir. Nun musste Natalie wieder zurück nach Moskau und mir blieb nur noch wenig Zeit, die Koffer zu packen.

Am 31. 10.1997 um 11.00 Uhr hieß es Abschiednehmen von Tunesien.

Die Rückfahrt sollte noch besonders lustig werden.

Auf der Fahrt lernte ich einen Holländer kennen. Bart war mit dem Fahrrad unterwegs in Tunesien und erstellte einen

Bildband zum Thema Land und Leute. Das Besondere dabei: Alles per Fahrrad, und er wohnte immer im Zelt neben dem Fahrrad. Von ihm gibt es auch weitere Reiseberichte von anderen Ländern. Er fragte mich nach meinem Ziel und wir kamen ins Gespräch. Da ich mit Auto und Anhänger fuhr, fragte er mich, ob ich ihn von Genua Richtung Deutschland mitnehmen könne. Ich willigte ein. Das Fahrrad kam auf den Hänger und ich hatte einen Beifahrer.

Irgendwann kamen wir in der Nacht an die deutsch-schweizerische Grenze. Der Schweizer Grenzbeamte fragte mich nach meinem Pass, woher ich komme und wohin ich wolle und vor allem was auf dem Hänger sei. Ich beantwortete alles wahrheitsgetreu. Nun war Bart dran.

Der Grenzer: „Waren Sie auch in Tunesien? Sind Sie auch Deutscher?"

Bart: „Ich bin Holländer, aber ich war mit dem Fahrrad in Afrika." Der Grenzer ließ uns aussteigen, dann wurde das Auto samt Hänger vom Drogenhund kontrolliert. Nach einigen Fragen konnten wir weiterfahren, Bart hatte nur die Wahrheit gesagt, nichts weiter. Zugegeben, es klang schon alles ein wenig lustig.

In der Nähe von Frankfurt / Main verließ er mich und fuhr die letzten paar hundert Kilometer wohl mit dem Fahrrad.

Und so war ich wieder in Deutschland. Wo sollte ich wohnen?

Susanne hatte ich aus Tunesien per Brief abgeschrieben, sie hatte mich wohl schon lange abgeschrieben. Margitta wusste nicht, was sie wollte. Mal Ja, mal Nein. Aber für einen Zwilling vom Sternzeichen her völlig normal. Und so mühte ich mich um eine Wohnung. Ich wohnte gleich in meiner ehemaligen Gegend in Mühlhausen. Täglich sah ich mein Haus, was ich einst verkaufte, um es in mein Traum-Zauberschlösschen zu stecken. Die nächsten Monate in Mühlhausen sollten eine triste und traurige

Zeit werden. Mich plagte schon wieder das Fernweh. Warum kann ich nicht da wohnen, wo die Sonne scheint? Neustarten oder was ganz Neues planen? Wie geht es mit mir weiter?

Mühlhausen sollte nicht meine Zukunft werden.

Ich hatte Angst vor dem Gedanken, irgendwann mal auf dem Friedhof von Mühlhausen zu liegen. Wohlmöglich liegen dann neben mir Leute vom Vorstand der Sparkasse. Das hätte mich im Grabe rotieren lassen.

Die Zukunft konnte nicht in Deutschland sein. Soviel hatte ich schon begriffen. Meine Zukunft konnte nur dort liegen, wo Urlauber sind, wo die Sonne scheint, da, wo es schön ist.

Mein Zauberschlösschen stand auf Warteposition.

Und so plante ich neu gen Süden. Ehemalige Mühlhäuser, Bernd Koch und seine Freundin Sylvana, wohnten auf Mallorca in Paguera und waren Inhaber der „Deutschen Bücherstube" Paguera. Bernd und Sylvana kannte ich schon von früheren Zeiten aus Mühlhausen. Er war Bandmitglied und sie Sängerin. Von ihm erfuhr ich, wie man auf Mallorca Kontakte knüpfte und wie das Leben so abläuft. Am 9. März 1998 fuhr ich für eine Woche nach Mallorca. Mit einem Leihwagen fuhr ich die Insel ab, besorgte mir Hotelprospekte und machte mich zum Thema Tourismus kundig. Auf einer Insel, die mehr Hotels als Griechenland hat, wird es schon funktionieren.

Wieder zurück plante ich meinen erneuten Umzug in Richtung Süden.

Wie sagte doch meine Noch-Ehefrau Margitta öfters: „Der Weg ist das Ziel."

Noch ein paar Veranstaltungen in Deutschland und mit wenig eigenem Geld und geborgten 2500 DM (Danke, Volker) plante ich einen neuen Start.

Sicherlich mag der Leser denken: „Der ist verrückt." Aber bedenken Sie:
Dieses Leben ist immer noch interessanter als tot zu sein.
Tot ist man noch lange Zeit!!!

P.S. Zum Thema Mallorca:
Wie kann man auf Mallorca ein kleines Vermögen machen?
Ganz einfach: Ein großes Vermögen mitbringen!!!

Ab 1998 Spanische Zeit

1 8. Mai 1998 Mühlhausen 4.00 Uhr morgens
Natalie ist bereits seit einigen Tagen hier. Wir haben alles in den Opel und den Anhänger gepackt.
Der Rest bleibt stehen, mein Sohn Tobias wird den Rest der Wohnung verkaufen und die Wohnung auflösen.

Also, früh aufstehen und Abfahrt Richtung Mallorca. Viel Regen, man muss sehr aufpassen. Alles, was ich besitze, befindet sich im Auto bzw. Hänger. Holzauge, sei wachsam.

Die Fahrt geht quer durch Deutschland, durch Frankreich und durch die Pyrenäen. In Frankreich habe ich eine Panne. Mitten im Kreisverkehr in Lyon lässt mich das Auto stehen, und das mit Hänger. Abends kommen wir nach Barcelona. Die Anfahrt Richtung Hafen ist sehr schlecht ausgeschildert. Wir verfahren uns und kommen mit zwei Stunden Verspätung im Hafen an.

Gähnende Leere im Hafen. Wir schlafen im Auto im Hafengelände. Ein Hafenmitarbeiter sagt uns, dass dies besser sei. Auch in Spanien gibt es Leute, die überlegen, was der andere hat und man selbst auch gut gebrauchen könnte.

Früh lacht uns die Sonne ins Auge und wir gehen Kaffee trinken.

Meine Schreckschusspistole habe ich die Nacht über sichtbar auf dem Armaturenbrett liegen gehabt. Ungeladen, aber wer weiß das schon. Jedenfalls haben wir ohne Störungen geschlafen.

Wir besorgen uns ein neues Ticket. Die Abfahrt ist abends um 23.00 Uhr.

Wir haben den kompletten Tag Zeit und gehen in Barcelona spazieren. Eine wunderschöne Stadt. Wir sind auf der Rambla, der Flaniermeile, und sitzen in einem Straßencafé und beobachten die zahlreichen Straßenkünstler. Besonders gefällt uns ein Mann mit Glatze. Er ist im Anzug und trägt als Kopfbedeckung einen Gummisauger, wie man ihn zur Toilettenreinigung benutzt. Er läuft hinter anderen Passanten her und mimt deren Gang nach. Ich kannte ihn schon vom Fernsehen, nun erlebe ich das Spektakel live. Er ist köstlich und die Leute amüsieren sich. Die Mentalität der Leute hier ist eine andere. Die Deutschen sehen alles verbissener. Die Sonne scheint, es ist richtiger Sommer. Spanien ist wunderschön. Abends aufs Schiff, Abfahrt und wir kommen in Palma de Mallorca am 21.05.1998 an. Es ist Himmelfahrt früh um 9.00 Uhr und wir fahren Richtung Paguera. Dort wollen wir, Natalie und ich, uns mit Bernd treffen.

Vom Hafen fahren wir mit dem Auto noch circa zwanzig Kilometer bis Paguera.

An der dritten Abfahrt biegen wir ab und finden das Geschäft.

Wir sitzen vor der Bücherstube in einem Straßencafé und haben uns viel zu erzählen.

Unsere Planung ist, eine Wohnung zu finden, Veranstaltungen zu planen und das tägliche Leben zu organisieren. Nichts überstürzen.

In Spanien sagt man: „mañana" (morgen) und meint: „pasada mañana"(übermorgen).

Die ersten Tage wohnen wir in einem kleinen Hotel, dem Don Carlos. Einige Tage später erfahren wir von einer frei werdenden Wohnung in Andratx. Wir schauen sie uns an und ziehen nach Andratx. Unser neues Zuhause besteht aus einem Wohnzimmer, einem Schlafzimmer, einer Küche, Bad und Toilette. Neben der Küche noch eine schöne Terrasse.

Alles ist möbliert. Man mietet meist möbliert, gegenüber Deutschland braucht man nicht viel beim Umziehen. Im Schlafzimmer ist der Schrank immer eingebaut. Eine Seitenwand und die vordere Tür sind aus Holz. Die Rückwand und eine Seitenwand sind die Zimmerwände. Diese Bauweise hat Tradition.

Nun organisieren wir unsere ersten Muggen. Über eine Reiseleiterin namens Brigitte kommen wir an die ersten Hotels. Sie ist langjährig ansässig und kennt die Hotels und die Gepflogenheiten.

Leider arbeiten wir am Anfang zu billig. Erst später erfahre ich, wie man Gagen aushandelt. In Spanien ist alles anders. Mit Natalie bestritt ich jetzt ein Erwachsenenprogramm von einer Stunde und ein Kinderprogramm. Sie arbeitet als Noni. Unser Kinderprogramm lässt sich hier in den Hotels nicht verkaufen. In Tunesien waren Kinderprogramme gefragt. Hier habe ich bei Neckermann vorgesprochen – keine Resonanz.

Die PR-Arbeit in den Hotels erweist sich als schwierig. Viele Hotels, auch Hotelketten haben einen Exklusivvertrag mit einer Agentur.

Kleinere Hotels nicht und so arbeite ich am Anfang in einigen Zwei-Sterne-Hotels und auch Drei-Sterne-Hotels. Ich baue mir meinen eigenen Markt auf. Heute nach über acht Jahren Mallorca habe ich die Hotels in Kategorien eingeteilt.

In meinem Computer habe ich über 250 Hotels gespeichert.

In manchen Hotels war ich nur einmal, in manchen öfters, in einigen alle zwei Wochen regelmäßig und einige werde ich nie wieder betreten.

Es gibt sehr gute Hoteldirektoren, aber auch weniger gute – wie immer im Leben.

Eines meiner ersten Hotels, in dem ich auch heute noch für eine eher kleine Gage arbeite, ist das Hotel Morlans in Paguera.

Ein Familienbetrieb bester Güte geführt vom jetzigen Chef Pedro.

Hier habe ich schon Sylvester und Weihnachten Mugge gemacht.

Es gibt aber auch Negativbeispiele: Hotel Oberoy z. B. in Paguera.

Mit dem ehemaligen Besitzer kam ich gut zurecht. Dann wechselte der Besitzer. Man ließ mich wieder neu vorarbeiten, für geringere Gage – versteht sich. Dann meine erste Veranstaltung. Unsere Arbeit kam beim Publikum und bei der neuen Leitung gut an. Nach der Show standen viele Gäste auf und gingen sofort zu Bett. Grund: Am nächsten Tag Abreise früh um 5.00 Uhr. Mein nächster Termin wurde unter der Begründung, die Show käme nicht an, abgesagt. Diese Machart ist gängig auf Mallorca. Wenn nicht genug Leute kommen, ist die Show schlecht. Das ist mir auch bei anderen Hotels passiert. Fußball WM oder weniger Gäste: Stets war das Programm schlecht und wurde annulliert.

Besonders eine Agentur auf Mallorca ist mit dieser Verfahrensweise nicht nur bei mir in schlechter Erinnerung.

Der Manager dieser Agentur, nennen wir ihn einfach mal Señor Juan, hat mich böse über den Tisch gezogen. Es war im Jahr 2000. Eine große Agentur bot mir einen Vertrag mit hundert garantierten Terminen für den Zeitraum April bis Oktober 2000 an. Das ist nicht viel, aber eine Basis. Ich willigte ein, war ich doch im guten Glauben, mit einer der größten Agenturen zu arbeiten. Dann kam die Fußball EM und im Sommer 2000 kamen plötzlich weniger Gäste aus Deutschland. Und so wurde mein Vertrag annulliert. Begründung: Schlechte Arbeit, wir kommen nicht an. Bis zu diesem Zeitpunkt kamen wir aber an. Und in anderen Hotels kommen wir immer noch an. Leider waren meine Spanischkenntnisse noch nicht so gut und man drohte mir mit Prozess, wenn ich nicht in die Annullierung einwilligte. Nun mehr weiß ich, dass das alles hochgepokert und geblufft war. Unter dem Strich habe ich eine Million Pesetas (12.000 DM) minus gemacht. Heute weiß ich, wie man mit zwielichtigen Gestalten umgeht. Gute

Erfahrungen habe ich mit der Agentur „Mallorca Animation"
gemacht. Sie waren fair, und ich kann mich hier auf das Wort
verlassen. Am Anfang habe ich doch einiges Lehrgeld bezahlen
müssen. Später habe ich in der Abendschule Spanisch gelernt.
Unsere Klasse war dreißig Personen stark. Fünfzehn Chinesen,
vier Deutsche, der Rest kam aus Polen, Ungarn, Russland,
Irak, und zwei Schwarzafrikaner.

Unsere Lehrerin sprach nur Spanisch.

Ich hatte ein wenig Grundkenntnisse mitgebracht (Kassette
mit Buch).

Seit ich zaubere, schreibe ich meine Veranstaltungen auf.
Hier auf der Insel habe ich die 5000.Veranstaltung absolviert.
Bei dieser Menge erarbeitet man sich natürlich auch eine ge-
wisse Routine. Das Publikum ist meistens mehrsprachig und
man muss zwischen den Sprachen wechseln können. Ich bin
heute in der glücklichen Lage, unser Programm in Deutsch,
Englisch, Spanisch und Russisch zu zeigen. Zwischendurch
werfe ich noch ein paar Brocken Holländisch, Französisch
und Arabisch ein. Die Kunst besteht darin, zu unterhalten. Es
kommt nicht auf den tollen Trick an. Man muss die Person in
den Vordergrund stellen. Wie sagte doch mein alter Zauberfreund und Mentor Stubbe-Stubbonelli: „Du bist nicht Alain
Delon und auch nicht Jean Marais. Du wirst ewig der große
Junge, das große Kind sein. Spiele dich selbst." Das mache ich
und es kommt gut rüber. Wortverdreher, Versprecher und ein
wenig den Unbeholfenen mimen.

„Nicht was, sondern wie – das ist die Kunst der Magie", sagte
schon Goethe. Die Leute wollen bezaubert werden – und sie
wollen auch lachen.

Eine humoristische Nummer kommt beim Publikum besser
an als ein Manipulator vom Feinsten. Die breite Masse kann
den Schwierigkeitsgrad nicht einschätzen. Hart, aber wahr.

In den acht Jahren meines Bestehens auf Mallorca waren schon einige Zauberfreunde zu Besuch. Man macht Urlaub auf Mallorca, weiß, dass ich hier wohne, und man trifft sich bei einer unserer Veranstaltungen. Danach ist noch Fachsimpeln angesagt. Unter anderem waren schon hier: Roland und Sommersprosse aus Erfurt, Bernado aus Berlin (er hat meine gesamte PR erstellt – Danke!), Arno Vorwerg und Peter Schreiber mit Familie aus Leipzig, mein langjähriger Erfurter Zauberfreund Uwe Güldner und Wittus Witt.

Jetzt wohne ich in Algaida.

In Andratx wohnten wir nur sechs Monate, später in Can Pastilla über fünf Jahre. Natascha musste immer wieder zurück

nach Russland. Laufend musste das Visum verlängert, der Pass erneuert werden. Es gab immer wieder Schwierigkeiten mit ihrem Pass.

Probleme gibt es überall. Wer schon mal in Spanien sein Auto umgemeldet hat, kann ein Lied davon singen. Die Ummeldung meines zwölf Jahre alten Opel Omega mit Hänger von deutschem auf spanisches Kennzeichen hat mich fast 2.000 (in Worten „zweitausend") DM gekostet, inklusive. TÜV und Sachverständigem.

Da kommt ein Ingenieur und misst das Auto nach und vergleicht alles im Kfz-Brief. Dann z.B. werden die Sitzplätze gezählt und mit den Sitzplätzen im KFZ-Brief verglichen. Das ist kein Gag, das ist Ernst. Kostet allerdings 30.000 Pesetas. Ja, Freunde, Spanien ist different.

Auf der Bühne verzichtete ich bisher auf einen Bühnennamen. Ich finde es verstaubt, wenn ich plötzlich „Bergfeldini" oder „Bergfeldelli" heißen würde.

Immer lief unsere Show unter meinem Namen: „Werner S. Bergfeld".

Nicht so in Spanien.

Der Direktor eines Hotels sagte mir, dass die spanischen Zuschauer bei dem Wort „Werner" Probleme haben. Die Spanier reden sich nur mit dem Vornamen an. Der Buchstabe „W" am Anfang des Wortes ist in Spanien nicht so häufig. Beim nächsten Mal bitte einen anderen Namen. Ich unternahm nichts. Die nächste Veranstaltung stand an und ich sehe im Hotel ein neues Plakat. „El Mago Bernar".

Im ersten Schreck dachte ich, dass ein neuer Zauberer im Hotel arbeitet und ich aus dem Rennen bin. Der Direktor sagte mir, dass ich jetzt „BERNAR" sei. Die Spanier konnten mit Bernar was anfangen und seit dieser Zeit bin ich nun Bernar, el Mago-Bernar, der Zauberer.

Das Jahr 2001 neigte sich dem Ende zu. Natalie hatte schon ein Ticket nach Moskau gebucht. Inzwischen hatten wir für sie einen Antrag auf „Residencia" (Siehe auch Zeitungsbericht) gestellt.

Alle Nicht-Europäer können nach einem Gesetz der Balearenregierung einen Antrag auf Residencia stellen.

Vorher war das nur für EG-Europäer möglich. Man stellt sich abends um 22.00 Uhr in die Schlange mit den anderen Antragsstellern. Meist sind es Osteuropäer oder Südamerikaner. Früh um 10.00 Uhr bekommt man den Antrag zum Ausfüllen. Dann alles abgeben und wieder warten, warten,

warten. Nun hatten wir endlich einen Antrag für Natalie. In Spanien bedeutet das, dass sie jetzt legal im Lande ist.

Im Herbst 2001 erhielt ich über eine deutsche Agentur ein Angebot, um auf der „Maxim Gorki", einem Vier-Sterne-Kreuzfahrtschiff, zu zaubern. Nun hatten wir schon Flugticket für Natalie gebucht. Also alles zurückgebucht.

Die Fahrt auf dem Schiff begann am 16.12 2001 und endete am 3.01.2002 in Accra / Ghana.

Für uns ein tolles Angebot, wenn man bedenkt, dass der Dezember auf Mallorca absolut tot ist. Für uns bedeutete das Urlaub mit einigen Veranstaltungen. Eine normale Passage kostet über 6.000 DM pro Person (inklusive Essen und Trinken).

Nun kam aber wieder das Problem Pass auf uns zu. Natalie hatte ein Visum für Deutschland, aber nur bis zum April 2001. In Spanien ist das egal. Aber wir mussten jetzt nach Deutschland. Auf dem Ausländeramt in Mühlhausen wollten wir ein Visum für Natalie besorgen.

Außerdem brauchten wir ja noch ein Visum für Accra / Ghana, da von dort der Rückflug stattfand.

Die nun folgende Geschichte hat sich genau so wie alles bisher Beschriebene zugetragen.

Mühlhausen im Dezember: Wir gehen zum Ausländeramt, um den Pass von Natalie in Ordnung zu bringen. Zwei Tage vorher waren wir schon in Berlin auf der Botschaft von Ghana. Die Dame war sehr nett. Für mich als Deutschen kein Problem, doch ein Visum für Natalie ist erst möglich, wenn sie ein deutsches Visum hat. Mit diesem Wissen eilten wir nun nach Mühlhausen zum Ausländeramt.

Nun beginnt das Drama. Laut Ausländeramt ist Natalie illegal in Deutschland eingereist. Man droht ihr mit sofortiger Ausweisung.

Der spanische Antrag auf Residencia interessiert hier niemanden.

Ich muss alle Register ziehen.

Was tun? Kurz überlegt und ich erkläre der Mitarbeiterin Folgendes:

„Ich habe kürzlich auf Mallorca für hochrangige Mitarbeiter des Außenministeriums gezaubert. Ich werde jetzt mit einer hochrangigen Persönlichkeit telefonieren." Bei diesen Worten habe ich schon nach meinem Handy gesucht. „Dann sehen wir weiter." Meiner Meinung nach war sie im Unrecht.

Man ließ uns auf dem Flur warten. Nach zehn bangen Minuten leichtes Einlenken. Für Natalie gab es eine Duldung bis zum 16.12.2001. Das war der Tag der Abfahrt unseres Schiffes ab Bremerhaven. Mehr war nicht zu machen, aber es brachte uns weiter.

Als Zauberer hat man gelernt zu bluffen, und es hatte genutzt.

Zwischendurch erfuhren wir noch von der Agentur, dass Natalie auf einem Sammelvisum stand. Also alles in Ordnung.

So fuhren wir nun von Mühlhausen mit dem Zug nach Wittenberge.

Dort sollten wir uns mit einem Tanzduo treffen: Billy und Edwin Rösler.

Die Fahrt dorthin sollte mir noch in böser Erinnerung bleiben. Wir fahren mit den „Fans" vom Fußballclub Eintracht Frankfurt.

Stockbesoffene junge Menschen, und faschistische Parolen, am laufenden Band johlend.

Die anderen Gäste im Zug trauen sich nichts zu sagen. Man fürchtet ja selbst um sein Leben. Auf einem Umsteigebahnhof fragte eine entsetzte ältere Frau zwei Polizisten.

Die zucken nur mit den Schultern. Was wollen zwei kleine Polizisten gegen eine Horde besoffener, grölender „Fans" machen?

Wir sind im Deutschland des Jahres 2001 und ich freue mich sehr, dass ich in Spanien wohnen darf.

Natalie hatte ich noch eingeschärft, kein Wort Russisch zu sprechen. Irgendjemand musste aber doch etwas bemerkt haben. Wir haben die Fahrt überlebt und sind in Wittenberge angekommen.

Weiter geht es mit einem PKW des Tanzduos, deren Sohn und uns in Richtung Küste. Abends kommen wir in Bremerhaven an und beginnen, uns einzuschiffen. Die Koffer und unsere Requisiten haben wir bereits abgegeben und wir reihen uns in die Reihe der Passagiere ein. Vorher besichtigen wir noch im Gebäude eine Ausstellung über die Schifffahrt. Es gibt viel zu sehen und es stellt uns auf die große Fahrt ein.

Unsere Route geht von:
- Bremerhaven
- Agadir / Marokko
- Arrecife / Kanarische Inseln
- Dakar / Senegal
- Banjul / Gambia
- Conakry / Guinea
- Abidjan / Elfenbeinküste
- Lome` / Togo
- Cotonou / Benin
- Accra / Ghana

Auf dieser Reise sollten wir 4.946 Seemeilen zurücklegen (9160 Kilometer)

und 1510 kg Fisch, 5.700 kg Fleisch, 9650 kg Gemüse, 9.700 kg Obst

2.070 l Speiseeis, 27.540 Eier, 42.500 Stück Kuchen essen und

3.100 l Rotwein, 2.450 l Weißwein, 319 l Wodka, 2.850 l Fassbier,

3.733 Flaschen Bier trinken. Das sind 53.700 Mahlzeiten. Es gibt circa 340 Personen Besatzung und es ist Platz für 600 – 700 Passagiere. Die Maxim Gorki ist 195 Meter lang, 27 Meter breit und die Reisegeschwindigkeit beträgt 17 – 20 Knoten.

Es gibt elf Decks, die durch Aufzüge verbunden sind. Das Schiff wurde 1969 erbaut, 1989, 1993 und zuletzt 1998 modernisiert. Es läuft unter der Flagge der Bahamas, die Besatzung ist russisch. Der Küchenchef kommt aus Österreich, der Maitre ist Italiener.

An Bord verschiedene Restaurants, Bars, Salons und zwei große Tanzsäle, wo die Veranstaltungen stattfinden.

Nun nur noch an Bord und dann beginnt unsere große Fahrt.

Endlich sind wir am Schalter. Unsere Pässe werden kontrolliert, ebenso unsere Impfausweise gegen Gelbfieber. Beides wird einbehalten. Die Dokumente der anderen Gäste ebenfalls, das ist Vorschrift.

Wegen des fehlenden Visums für Natalie gibt es kaum Probleme. Wir sollten erst mal an Bord gehen. Alles andere klären wir dann dort.

Erst mal an Bord, so dachten auch wir. Sollte es wirklich mit dem Visum Probleme geben, wird man uns ja nicht über Bord werfen. Also abwarten, nur noch eine Stunde, bis das Schiff ablegt. Unser Gepäck ist bereits auf den Kabinen. Wir haben eine Außenkabine, also mit Fenster. Herrlich.

Noch fünfzig Minuten bis zum Ablegen. Wir packen unser Garderobe aus.

Noch vierzig Minuten. Endlich an Bord – was soll jetzt noch passieren?

Plötzlich eine Durchsage: „Frau Natalia Boulatova bitte zur Rezeption."

Wir schauen uns beide an, wir ahnen nichts Gutes. Wir gehen zur Rezeption. Dort erklärt man uns, es gäbe noch ein Problem mit dem Pass und zwei deutsche Polizisten würden uns gerne im Salon deswegen sprechen.

Wir sind auf alles gefasst.

Ich erkläre Natalie noch schnell, dass sie nur Russisch verstehe und ich alles übersetzten werde. So kann ich Fehler vermeiden.

Die Polizisten sind sehr nett. Man fragt nach dem Stempel der Duldung Ich erkläre alles detailliert. Die beiden Polizisten bestätigen uns, dass alles in Ordnung ist. Wir müssen noch ein Protokoll anfertigen, betreffend der Ausreise.

Man rät uns noch, bei Einreise auf dem Frankfurter Flugplatz nur den internationalen Transitraum zu benutzen.

Natalie hat immer noch kein Visum für Deutschland. Das Visum für Ghana war anschließend auch nicht auffindbar. Aber die russischen Mitarbeiter an Bord stellten es kurzerhand aus.

Fünf Minuten Arbeit, Stempel fertig, 25 Dollar. Fertig.

Allein an Fahrtkosten und Telefonkosten hatten wir zum Thema Visum bis zu diesem Zeitpunkt schon über 200 DM investiert. Nun ist alles im grünen Bereich. Der 16. Dezember 2001 um 19.00 Uhr. Die Schiffssirene ertönt.

Aus den Lautsprechern ertönt die Auslaufmelodie. Wir legen in Bremerhaven ab. Es war sehr anstrengend bis zu diesem Zeitpunkt. Die nun folgenden Tage sollten mit die schönsten in unserem Leben werden.

Die Fahrt geht vorbei an der holländischen Küste durch den Ärmelkanal.

Wir sind jetzt vier Tage auf See. Am 21. Dezember erreichen wir auf unserer Tour den ersten Hafen. Wir gehen in Agadir / Marokko von Bord. Unser erster Landgang. In einem Straßencafé trinken wir Tee. Einige Passagiere buchen eine Fahrt nach Marrakesch. Um 21.00 Uhr ist Abfahrt und am nächsten Tag legen wir in Arrecife / Kanarische Inseln an. Die Inseln gehören zu Spanien, wir sind also quasi wieder zu Hause. Es ist sehr windig. Abends haben wir unseren ersten großen Auftritt. Zur Eröffnungsfeier musste sich jeder schon mal kurz vorstellen. Ich zeigte die Lichter, die von Finger zu Finger wandern, und baute für die Kinder einige Ballons. Unser Abendprogramm lief eine Stunde und kam gut an. Die Bedingungen auf einem Schiff sind anders als auf einer normalen Bühne. Alles ist enger, kleiner und man muss auch improvisieren können. Und das Publikum ist jeden Abend das gleiche, man muss also ein großes Repertoire haben.

23. Dezember, mein Geburtstag, wir sind wieder auf See. Wir feiern mit dem Tanzpaar und dem Humoristen Stan in der Bar. Stan ist ein toller Typ, Schweizer, und liefert eine Mords-Comedynummer. An meinem eigenen Abend war er Assistent und brachte beim Fallbeil den Eimer mit der Hand. Heiligabend auf See und auch hier kommt der Weihnachtsmann.

Für Natalie hat er auch ein kleines Geschenk mitgebracht.

Im Musiksalon läuft ein weihnachtliches Programm, gestaltet vom Sänger und Moderator, einer Sängerin und einer Pianistin.

25. Dezember, langsam wird es wärmer, wir haben Europa verlassen und sind im Senegal. Im Hafen von Dakar legen wir an. Es ist 13.00 Uhr mittags. Auf einem der zahlreichen Märkte kaufen wir traditionelle Holzschnitzkunst. Wir unternehmen eine Stadtrundfahrt.

26. Dezember Banjul / Gambia. Mit einem ortsansässigen

Soldaten als Begleitschutz besichtigen wir die Hauptstadt Banjul. Es ist sehr warm und wir freuen uns, als wir wieder zurück aufs Schiff kommen.

Das Schiff ist jetzt unser Hotel, unsere Wohnung, unser zweites Zuhause geworden. Abends noch eine Weihnachtsgala und wir haben einen zehnminütigen Auftritt zu absolvieren. Ich zeige den Kartensteiger im Block. Den nächsten Tag sind wir komplett auf See und am 28. Dezember erreichen wir Guinea. Im Hafen von Conakry werden wir besonders herzlich empfangen. Schon beim Anlegen empfängt uns wilder Trommelwirbel. Mit Tanz, Musik und natürlich hunderten von Verkaufsständen werden wir empfangen. Wir werden vom Kulturminister von Guinea begrüßt, und als Gastgeschenk gibt es für das Schiff Rattanmöbel und einige Rattan-Bücherregale. Guinea macht auf mich den besten Eindruck. Die afrikanischen Länder sind zum Teil sehr arm, hier aber gibt es einen Mittelstand und nicht so viele Bettler.

Abends zwei Galashows. Ich zeige eine neue Geschichte. Am Klang eines zerplatzenden Luftballons höre ich die Farbe des Ballons, obwohl mir die Augen mit Augenbinde und einer Papiertüte verbunden sind und alles bestens kontrolliert wurde. Dem Publikum erkläre ich, dass ich im kommenden Jahr bei „Wetten dass" mitmachen möchte. Diese Nummer kommt beim Publikum sehr gut an. Man rätselt in alle Richtungen nach dem „Wie". Eine Variante ist der Schlagzeuger, ich höre am Trommelwirbel, welche Farbe der Ballon hat. Wir amüsieren uns köstlich, besonders der Schlagzeuger, als ich ihm davon erzähle.

29. Dezember auf See, und am 30. Dezember laufen wir im Hafen von Abidjan / Elfenbeinküste, ein. Auch hier wieder die obligatorische Ortsbesichtigung. Wir machen keine Stadtrundfahrt mehr, sondern erkunden viel auf eigene Faust. Das ist

preisgünstiger und macht auch mehr Spaß. Am 31. Dezember sind wir auf See.

Beide Salons wurden von allen Akteuren für Sylvester geschmückt.

Abends laufen zwei Galashows, in beiden Salons parallel das gleiche Programm. Ich zeige das Seilzerschneiden mit Publikum und eine neue Euro-Geldschein-Geschichte. Sechs Geldscheine, drei weglegen. Es bleiben sechs übrig. Allerdings alles mit Euro, dieser wird erst am nächsten Tag, dem 1.01.2002, offiziell eingeführt.

Um 24.00 Uhr Ansprache des Kapitäns, tolle Buffets, tolle Stimmung – nur ich bin etwas müde. Beim Dekorieren des Salons bin ich gegen die große Schiffsglocke gerannt. Ich habe diese nicht hängen sehen, aber danach gut hören können. Dann lag ich einen Moment flach.

Beim Boxen nennt man so etwas K O. So endet dieser Tag und dieses Jahr im Jahr 2001.

Was wird uns das Jahr 2002 bringen? 1. Januar 2002, wir laufen den Hafen von Lome in Togo an. Es ist 8.00 Uhr früh, die Sonne scheint.

Die Außentemperatur beträgt 32 Grad und die Wassertemperatur 28 Grad. In Deutschland kratzt man jetzt die Scheiben des Autos frei und schippt Schnee. Wir besichtigen Togo. Überall wieder Händler und jeder will uns etwas verkaufen. Aber wer braucht schon dreißig Ledergürtel oder hundert Holzfiguren zum Hinstellen?

Wir fahren weiter, am nächsten Tag steht Cotonou in Benin auf dem Plan. Unser letzter Tag, denn am 3. Januar endet unsere Fahrt. Mit Natalie fahren wir mit einem Taxi in das Hotel Palm Beach. Sie hörte, dass es dort ganz toll sein soll. Ich tue ihr den Gefallen und wir fahren mit einem Taxi zum Hotel. Es sind circa zwanzig Kilometer in einem uralten Renault.

Wir lernen die Straßenverhältnisse nun bestens kennen. Ein toller Strand. Leider steht dort nur ein verfallenes eingestürztes Haus. Die gesamte Frontseite des Hauses liegt um. Man hat zu nah am Wasser gebaut, dann kamen die Wellen, Tja, Allah kann auch nicht überall aufpassen. Wir gehen bei 34 Grad Temperatur baden. Die Wellen sind einen Meter hoch. Doch der Abschied rückt unaufhaltsam näher.

Abends eine Gala, die Abschiedsgala. Alle Akteure treten noch einmal auf. Ich überlege, was ich noch zeigen kann. Ich bringe die Sulamith Stäbe. Text: „Hab ich hier vom Medizinmann auf dem Markt gekauft. So von Kollege zu Kollege."

Nacht – die letzte Nacht an Bord. Morgen Abend geht es von Ghana zurück nach Frankfurt / Main. Dann weiter nach Mallorca. Hoffentlich klappt alles mit dem Zoll und den Papieren von Natalie?

3. Januar 2002. Wir sind in Accra / Ghana, tagsüber noch einmal über einen Verkaufsmarkt. Jeder will uns wieder etwas verkaufen. Abends noch einmal gut Essen an Bord, dann geht es mit dem Bus zum Flugplatz.

Endloses Schlangestehen in einem sehr warmen Gang. Die Luft steht.

Es gibt Tausend Gerüche von Schweiß, wir kennen jetzt alle Nuancen. Erlösung, nach einer weiteren Wartepause gelangen wir endlich an Bord einer großen Boing. Auch hier hatte nichts geklappt. Die Stewardessen schimpfen, alles geht durcheinander.

Die Unterstützung seitens des ghaneischen Flugplatzes ist mangelhaft.

Endlich 23.00 Uhr, Flugnummer LT 4681 hebt ab in Richtung Frankfurt Main.

Wir sitzen in einer großen Maschine mit zehn Sitzen in einer Reihe. In der Mitte sitzen wir zu viert, rechts und links, durch zwei Gänge getrennt noch je drei Personen. Die Flugzeit beträgt circa sieben Stunden und wir haben Zeit, noch einmal alles Revue passieren zu lassen. Das Bordleben war sehr interessant. Außer den sechs Mahlzeiten täglich konnte man viel unternehmen. Es gab Fitnessmöglichkeiten aller Art, einen Pool, ein Kino, eine kleine Geschäftsstraße, eine Bibliothek. Es gab Vorträge zum Thema Seidenmalerei, oder die aktuelle Stunde mit Prof. Dr. Karlheinz Kleps. Ein interessanter Mann und guter Schachspieler. Leider konnte ich nur eine einzige Partie gegen ihn gewinnen. Oder man konnte an Bord Russisch lernen. Ich habe in dieser Zeit viel gesehen und viel erlebt – eine herrliche Zeit endete.

Landeanflug Frankfurt / Main. Mir gehen noch die Worte des Polizisten durch den Kopf, nur den internationalen Bereich zu benutzen. Die Maschine rollt aus und wir kümmern uns um das Gepäck.

Zollkontrolle und Passkontrolle. Unsere Herzen schlagen höher.

Nun müssen wir aber trotzdem durch eine Passkontrolle. Vorsichtshalber frage ich den Beamten, ob es besser ist, ich komme erst einmal allein und Natascha bleibt im internationalen Bereich. Er lächelt und fragt höflich, wo denn unser Problem sei. Ich erkläre alles genau, dann kommt der große Chef. Auch ihm erläutern wir die Situation. Natalie ist illegal nach Deutschland eingereist. Was tun? Die Tatsache, dass wir die Flugtickets nach Mallorca (unserem Zuhause) schon im November gebucht haben und wir nachweisen können, dass unser Hauptwohnsitz in Mallorca ist, lässt alles gut werden. Der Chef selbst bringt uns von einer Tür zur nächsten Tür auf einen anderen Gang. Nun sind wir offiziell inoffiziell ein und ausgereist. Jetzt noch den nächsten Flieger nach Mallorca. Wir sind acht Fluggäste und vier Personen Besatzung. Wir haben einen tollen Service. Frohgelaunt, aber hundemüde kommen

Heute erfreut der Zauberkünstler Insulaner und Urlauber

"Ich bin ein gelernter Ossi", teilt Werner Bergfeld als erstes mit, fügt aber gleich hinzu, daß diese Tatsache mit seiner jetzigen Profession als Zauberer direkt zu tun habe.

"Ich habe mit meinen Eltern immer Urlaub in DDR-Ferienheimen gemacht. Dort habe ich als Kind die ersten Zauberer gesehen."

Magie faszinierte ihn von Anfang an. Schon als Jugendlicher wurde er Mitglied im Magischen Zirkel, der offiziellen Vereinigung der Zauberkünstler, die seit 1912 besteht. Zunächst für das gesamte Deutschland, später nach dem Ende des Zweiten Weltkrieges in Ost und West.

"Als die Politiker sich noch nicht einmal die Hände gaben, haben sich die Zauberkünstler beider Seiten schon magisch angenähert."

Seit 1976 ist Werner Bergfeld Profi-Zauberer. Immer wieder stellte er in der damaligen DDR Antrag auf Ausreise nach Westdeutschland, immer wieder wurden seine Anträge abgelehnt. Begründung: Bergfelds Schwester, also eine Verwandte ersten Grades, hatte sich nach Westdeutschland abgesetzt. Das schürte Skepsis bei den Behörden.

Im Sommer 1989 schaffte er es dann endlich. Man glaubte ihm, daß er zurückkommen würde, schließlich hatte er inzwischen Familie, Haus und Kinder. Das erste Engagement im Westen hatte er im Dezember jenes Jahres.

1992 erfüllte er sich gemeinsam mit seiner damaligen Frau Margitta einen Traum: Er eröffnete das "Zauberschlößchen" in Gräfenhain am Nordhang des Thüringer Waldes, eine Mischung aus Varieté, Kabarett, Show, Tanz und Thüringer Gastlichkeit in mittelalterlichem Ambiente. Das Schlößchen war allerdings nur bis 1995 in Betrieb.

"Es war nicht der richtige Zeitpunkt, mit sehr viel Arbeitslosigkeit allenthalben, und es war nicht der richtige Ort, denn der Thüringer Wald ist eben doch

"Mallorca braucht Magie": Werner Bergfeld in Zauberlaune in einem Hotel.

nicht zentral gelegen" "sagt Werner Bergfeld heute über jene Zeit.

1996 brach er auf zu neuen Ufern auf. Er packte seinen Mercedes-Transporter voll mit Zauber-Utensilien und fuhr nach Tunesien. "Ich wußte, dort gibt es viel Tourismus, dort könnte also Bedarf bestehen für mein Handwerk."

Und es bestand Bedarf.

Werner Bergfeld privat: Er lebt in Can Pastilla und träumt von einem zauberhaften Restaurant.

Bis Ende 1997 arbeitete er – unterstützt von russischen und arabischen Kollegen und Assistenten in den Family-Clubs von Neckermann – als Zauberer und Animateur in Kinder-Discos. Er lernte Französisch und etwas Arabisch. Doch dann endete der Vertrag, und so landete Werner Bergfeld im Frühjahr dieses Jahres auf Mallorca.

"Ich habe mir als erstes ein ruhiges Plätzchen in Can Pastilla direkt neben

dem Flughafen besorgt", sagt er mit dem nötigen Spott. Jetzt ist er viel in Hotels in Alcúdia tätig, denn dort hat seine Agentur Verträge mit Hotels. Er arbeitet aber auch auf Privatpartys und auf Schiffen. Am liebsten allerdings ist er nach wie vor für Kinder tätig, wenn er auch in Nobelhäfen bereits alle Erfahrung gemacht hat:

"Die Kinder der Reichen sind kleine Erwachsene."

Grundsätzlich aber bietet er zwei Shows an, eine für Erwachsene, eine für Kinder. Er gestaltet auch ganze Abende für Betriebsfeiern und Partys.

Inzwischen hat er auch wieder eine Assistentin, Natalie, die in seinen Shows oft als Clown auftritt. Oder er arbeitet mit seinem Sohn Tobias zusammen, deren akrobatisches Highlight eine Entfesselung aus einer

Zwangsjacke am brennenden Seil ist.

Beliebt ist auch seine Chaoten-Kellner-Show. Dabei – das ist Pflicht – muß er so abgerissen aussehen, daß "mich die Polizei allein schon deshalb jederzeit festzunehmen gedenkt." Danach geht dann beim Service so viel schief wie nur irgend möglich. Komik ist angesagt.

Werner Bergfeld weiß nicht nur ein magisches Ambiente zu schaffen, er ist auch technisch perfekt ausgerüstet. Die transportable Disco bringt er immer gleich mit, die Oldie-Platten ebenso. Oft mit dabei ist sein dressierter Floh mit Namen Hannibal: "Der ist so klein, daß man ihn gar nicht sieht." Die MM-Reporterin konnte selbst beim besten Willen den Floh nicht wahrnehmen, war aber höchst beeindruckt von der "Close up Magic", Kartentricks und Spielchen, die man auch am Kaffeetisch erleben kann.

Ansonsten ist die Idee von "Bergfelds Zauberschlößchen" auch auf Mallorca keineswegs gestorben. Mallorca braucht auch Magie und Zauberei, davon ist Werner Bergfeld überzeugt. Was er braucht, ist ein solventer Partner mit einem Restaurant: "Dem mache ich dann den Laden voll, dessen bin ich ganz sicher."

Werner Bergfeld glaubt eben an Zauberei.   G.K.

Mallorca Magazin

Magisches Mallorca

Mallorca ist voller Zauberer. Nicht, dass alle so wie ich ihr Programm in Hotels oder bei Partys präsentieren. Aber die Hütchenspieler an der Playa sind zauberisch, also rein fachlich, echt gut. Aber das ist reiner Betrug und verstößt gegen die Berufsehre eines Zauberers.

Ehrliche Magier haben es auch auf Mallorca nicht leicht. Zwei Jahre braucht der Zauberer, wie in jedem anderen Geschäft auch, um sich hier zu etablieren, Kontakte zu knüpfen, sich bekannt zu machen. Bei praktischen Hürden des Alltags, wie dem Auto-Ummelden, da hilft auch keine Magie. Um mein „Zauberhaus" auf Mallorca zu eröffnen, muss ich wohl auch noch viel arbeiten und mir einen Partner herbeizaubern.

Im internationalen Ambiente Mallorcas muss ich als Zauberer die Befindlichkeiten der Nationalitäten berücksichtigen: Ich kann z.B. nie eine ältere Spanierin für meine Zwangsjacken-Befreiungsnummer zu Hilfe bitten. Denn beim Anlegen der Jacke wird auch ein Riemen durch

den Schritt geführt. Da geniert sie sich. Für eine junge Französin ist das aber kein Problem.

Die Kunst ist aber auch, zu wissen, welche Person im Publikum die richtige für welchen Trick ist. Für den Fallbeil-Trick, bei dem einer Zuschauerin die Hand abgehackt

**Von
Bernár Mago**

wird, nehme ich lieber eine ländlich wirkende ältere Frau als einen Model-Typ. Dicke sind sowieso lustiger als Dünne. Ängstliche Typen machen in der Regel auf der Bühne besser mit als Draufgänger.

Für Zauberer ist Mallorca eigentlich ein gutes Pflaster. Urlauber sind meist besser gelaunt als

Leute in Deutschland. Dafür sind auch die Gagen hier niedriger. Aber mein Beruf ist auch nach 25 Jahren als Profi mein Hobby. Darum trete ich lieber bei einem Kindergeburtstag bei Spaniern für weniger Geld auf als in einem deutschen Autohaus oder einem Möbelladen. Unterhaltung, wie Zauberer sie machen, ist in Deutschland zur Produkt-Vermarktung degradiert worden.

Ebenso wenig magisch wie deutsche Autosalons sind für mich die Angebote der unzähligen Wahrsager, Handleser und Zukunftsschauer, die auf der Insel ihre Dienste anpreisen. Einer las mir mal aus der Hand, ich würde 37 Jahre alt werden. Da war ich 42. Unsere mentale Hellsehnummer wirkt für Zuschauer übersinnlich, aber ich habe keine übersinnlichen Fähigkeiten. Das sind Tricks.

Das findet sich alles in meiner großen magischen Bibliothek hier auf der Insel. Und wo meine Zauberbücher stehen, da ist meine Heimat.

Bernár Mago alias Werner Bergfeld arbeitet seit zwei Jahren auf Mallorca als Zauberkünstler

Manchmal zaubert Werner Bergfeld auch am Strand vor seinem Haus: Seit drei Jahren lebt der Künstler in Ca'n Pastilla   Fotos: Gori Vicens

EIN MAGIER AUF MALLORCA

Ein Einblick in die geheimnisvolle Welt des Zauberers Werner Bergfeld in Ca'n Pastilla

Werner Bergfeld mit Frau vor seinem Haus in Ca'n Pastilla

Zauberer sind rätselhaft. Werner Bergfeld macht da keine Ausnahme. Der Magier aus Ca'n Pastilla verachtet Kollegen, die ihre Tricks verraten. Doch auch ein Autodidakt hat sein Handwerk aus Büchern gelernt.

Jeder weiß, daß es nicht geht. Es ist unmöglich, unlogisch, gegen die Naturgesetze, gegen jede Art von vernünftigem Menschenverstand. Die Freiheitsstatue kann man nicht einfach so wegzaubern. Ebensowenig läßt sich eine Frau vor den Augen des Publikums einfach so in nichts auflösen. Wie funktionieren die Kunststücke der Zauberer? Die eleganten und faszinierenden Tricks bleiben dem Zuschauer – zum Glück – fast immer ein Rätsel.

Werner Bergfeld ist einer der Magier. Zwar kein David Copperfield, zugegeben, aber seine kleinen Tricks sind manchmal genauso erstaunlich wie die spektakulären Effekte des Amerikaners. Sie sind nur weniger aufwendig und kosten somit weniger Geld.

Werner Bergfeld, oder auch „Bernár Mago", ist seit fast 40 Jahren professioneller Zauberer und lebt seit drei Jahren auf Mallorca. Er durchschaut die meisten Illusionen seiner berühmten Kollegen. „Denn", so erklärt er, „alle Tricks der Welt basieren auf den gleichen fünf Grundprinzipien, nämlich dem Erscheinen, dem Verschwinden, der Aufhebung der Schwerkraft, der Durchdringung und dem Wandern."

Bergfeld macht keinen Hehl daraus, daß Zauberei nur Illusion ist. „Aber das Unbegreifliche für den Zuschauer ist eben, wie die Tricks funktionieren."

Und das wird selbstverständlich von einem Zauberer mit Ehre nicht verraten. Nicht mal der einfachste Trick darf laut Kodex weitergegeben werden. Für Kollegen, die in ganzen Büchern die Tricks ihres Berufsstandes ausplaudern, empfindet der Magier deshalb nur Verachtung.

Bergfeld selbst, seit 1963 Mitglied im Magischen Zirkel von Deutschland, hat auch schon einiges erlebt. Geboren wurde er 1950 in

aus dem
Osten

Seit drei Jahren führt
der Profi-Zauberer Werner
Bergfeld seine Künste auf
Mallorca vor - mit hoher
Fingerfertigkeit und viel
Improvisationstalent

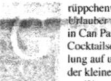 rüppchenweise tröpfeln herausgeputzte Urlauber in die Bar eines Viersternehotels in Can Pastilla. Die Gäste nehmen in Cocktailsesseln Platz, geben ihre Bestellung auf und blicken erwartungsvoll zu der kleinen Bühne.

Werner Bergfeld, 52, zieht sich derweilen hinter einem kleinen Paravent um und checkt die Requisiten. „Trotz 25 Jahren Berufserfahrung habe ich noch immer Lampenfieber", gesteht der Profizauberer, der heute seine 5.206. Vorstellung gibt. (Auch Zauberer führen Buch!) Langweilig sei ihm nie geworden, „schließlich reagieren die Zuschauer jedesmal anders, da muss man hellwach sein, improvisieren und auch schon mal das Programm spontan umstellen können".

In den ersten zwei Minuten entscheidet sich, ob der Künstler leichtes Spiel mit seinem Publikum haben wird, oder ob er es erst mühsam für sich wird gewinnen müssen. Dieser Abend gehört ganz offenbar der zweiten Kategorie an, wie sich nach wenigen Augenblicken herausstellt. Der Grund: Kommunikationsprobleme. Werner Bergfeld spricht zwar Deutsch, Englisch, Spanisch und Russisch, aber auf die Portugiesen, Ungarn und Belgier unter den Gästen, kann er kaum eingehen. Dies erschwert den reibungslosen Ablauf des Abends, in dem die Zuschauer aktiv in das Geschehen einbezogen werden.

Gleich bei der zweiten Nummer werden ein Portugiese und ein Belgier von Bergfeld auf die Bühne geholt - Widerstand zwecklos. Der Zauberer gibt ihnen drei ineinander verschränkte, große Ringe „die sind aus Gold, aber ich hab sie verchromen lassen". Einer der unfreiwilligen Darsteller kratzt sich an der Hose, der andere errötet - an der Hitze kann es nicht liegen, denn der Raum ist klimaanlagen-gekühlt. Die beiden sollen nun nachmachen, was der Artist vorführt. Natürlich gelingt ihnen das nicht. Applaus - die beiden Gäste eilen flink zu ihren Plätzen und nehmen bei ihren Getränken Zuflucht.

Aber Bergfeld lässt auf sein Urlauberpublikum nichts kommen. „Es ist entspannt, aufmerksam und honoriert meine Arbeit." Der Zauberer aus der ehemaligen DDR hat auch andere Erfahrungen machen müssen. Bis zur Wiedervereinigung konnte er über Auftrittsmöglichkeiten nicht klagen. „Ob am Tag der Arbeit, am Tag der Frau, am Tag der Gewerkschaft, oder bei unzähligen anderen staatlich verordneten Festlichkeiten - im Osten waren die Artisten gefragte Leute." Doch nach der Wende, zu Beginn der Neunzigerjahre, verschlechterte sich die Auftragslage drastisch. Bergfeld zauberte fortan in Einkaufspassagen, Auto- oder Möbelhäusern, wo seine Vorführungen ein schmückendes Beiwerk waren und potentielle Kunden zum Kaufen animieren sollten. Für den ➤

Werner Bergfeld hat sein Hobby vor Jahren zum Beruf gemacht.

Vollblut-Zauberer, der bereits als 15-Jähriger im Magischen Zirkel von Deutschland aufgenommen worden war und später eine offizielle Prüfung zum Zauberer abgelegt hatte, eine bittere Zeit.

1996 wurde Bergfeld dann von einem großen Reiseveranstalter unter Vertrag genommen. Zwei Jahre lang zauberte er in Ferienclubs in Tunesien - bis seine Stelle aufgrund sinkender Urlauberzahlen gestrichen wurde. Dennoch kehrte er „mit Gewinn" nach Deutschland zurück. In einem Ferienclub des nordafrikanischen Landes hatte er Natalia Boulatova kennen und lieben gelernt - wenig später stand die Russin als seine Assistentin auf der Bühne.

In dem Programm glänzt die grazile Slawin in der so genannten „Mental-Nummer", bei der sie in ihrem eleganten, langen und hochgeschlitzten schwarzen Kleid mit verbundenen Augen auf der Bühne steht. Werner Bergfeld stellt ihr Fragen, die sie mit fester Stimme beantwortet, als könne sie Gedanken lesen.

Was halte ich in den Händen? Eine Schachtel Zigaretten. Welche Marke? Malboro. (Bergfeld öffnet die Schachtel.) Wie viele Zigaretten sind noch in der Schachtel? Fünf.

Die Zuschauer sind verblüfft, vor allem der blonde braun gebrannte deutsche Urlauber, der später noch einmal verstohlen die Zigaretten in seiner Schachtel nachzählen wird.

Nach der Pause taut das Publikum langsam auf. Eine kurvige Blondine aus den Zuschauerreihen reibt sich Rücken an Rücken an dem Zauberer. Ihre Hand ruht auf seinem Oberschenkel. Aus den Lautsprechern tönt „Je t'aime", der Schmuse-Hit aus den Siebzigern. Auf ihren Busen presst die Urlauberin eine überdimensionierte Spielkarte, die sie zuvor aus einem Stapel zog. Bergfeld blickt schelmisch ins Publikum. „Zauberer müsste man sein", und zeichnet die Karte auf einen Block auf. Die Information hat er über Körperströmungen empfangen...

Dann folgt ein Klassiker aus dem Repertoire: Die Entfesslungsnummer. Wieder muss eine Dame aus dem Publikum Hand, beziehungsweise der Meister eine Zwangsjacke anlegen. Vor dem letzten Riemen, der von hinten durch die Beine geführt und vorne

Er hofft in dieser Zeit verstärkt privat auftreten zu können. Denn den *Mago Bernár*, wie sich der Künstler auf Mallorca nennt - „Werner können die Menschen hier halt nicht aussprechen" - kann man auch für Hochzeiten, Kindergeburtstage oder Betriebsfeiern buchen. In seinem Repertoire gibt es ein Programm für Erwachsene und eins für Kinder, bei dem Natalie als Clown Noni zu bewundern ist.

Man sagt, Clowns brächten die Leute zum Lachen, dabei sei ihnen eigentlich eher zum Weinen zu Mute. Natalie scheint diesem landläufigen Klischee zu entsprechen. „Ich habe so Heimweh nach Russland", sagte sie noch unmittelbar vor der Vorstellung und seufzte. Bergfeld entgegnete: „Das hat nichts zu bedeuten, Russen sind von Natur aus nostalgisch". Vielleicht wird die ehemalige Betriebswirtin einer Moskauer Konstruktionsfirma aber auch erst dann Fuß auf der Insel fassen, wenn sie im Zuge der Legalisierungskampagne ihre Aufenthaltspapiere erhält.

Direkt nach dem einstündigen Auftritt fährt sie mit Bergfeld zur Ausländerbehörde, wo sie sich in die Schlange der Immigranten einreihen wird in der Hoffnung nach durchkämpfter Nacht, ihre Anträge abgeben zu dürfen.

Info: Werner Bergfeld, Tel.: 639 034 155
■ Heila Strehlke, Fotos: Nele Bendgens

„Die Vorstellung ist jedesmal anders, da muss man hellwach sein"

verschlossen werden soll, streikt sie: „Das machen se mal selber." Die Zuschauer grölen. Mit spitzen Fingern führt sie dann doch noch die letzten Handgriffe durch. Nun ist Bergfeld dran. Wie ein Berserker befreit er sich aus den Fesseln und wirft triumphiert die Jacke von sich.

Seit drei Jahren leben der Zauberer und seine Partnerin auf Mallorca. Zunächst waren sie für eine Künstleragentur tätig, doch unterdessen verhandeln sie mit den Ferienetablissements direkt. Im vergangenen Monat wurden allerdings neun Vorstellungen von den Hotels - zuweilen in letzter Minute - wieder abgesagt. „Man spürt, dass die Urlauberzahlen zurückgehen", erklärt Bergfeld. Für die Hotels würden sich die Zaubervorstellung nicht lohnen, wenn nicht ausreichend Gäste währenddessen in den Bars konsumierten, so der Zauberer. Eine Entschädigung für den Verdienstausfall erhalten die Künstler nicht.

Für die beginnende Hochsaison ist Bergfeld allerdings optimistisch, „nur der Winter macht mir Sorgen", sagt er nachdenklich.

■ Von der Betriebswirtschaft zum Show-Bizz - Natalie Boulatova.

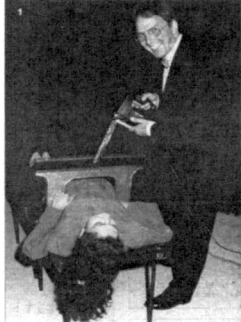

1 Der Meister beim "zersägen" einer Dame aus dem Publikum: "Ich verrate meine Tricks nie" **2** Ein richtiger Magier zaubert auch Geldnoten aus der Westentasche **3** Werner Bergfeld mit Frau und Assistentin Natalie

Thüringen, und schon als Kind interessierte ihn die Zauberei. Also erlernte er, wie alle Zauberer autodidaktisch, das Handwerk. Er übte Tricks und Fingerfertigkeiten, kaufte sich Bücher mit Anleitungen und die dazugehörigen Requisiten und baute im Laufe der Jahre sein Repertoire beachtlich aus. Außer mit Illusionen wartet er heute mit Tricks aus fast allen bekannten Sparten auf. Dazu gehören Entfesselungs-Kunststücke, Manipulationen, Mentalmagie oder auch Close-Up-Magie, bei der die Zuschauer unmittelbar miteinbezogen sind.

Im Thüringer Wald leitete er einige Jahre die Varieté Zauberschlößchen, bevor er es 1995 aus finanziellen Gründen schließen mußte und für zwei Jahre nach Tunesien ging. Dort fand er eine Anstellung bei den Family-Clubs von Neckermann und lernte außerdem seine russische Lebensgefährtin und Assistentin Natalie kennen.

Hier lebt er nun in einer Wohnung in Ca'n Pastilla, umgeben von Erinnerungsstücken vergangener Tage. An den Wänden hängen Sammelteller aus dem Zauberschlößchen, alte Plattensammlungen kommen auch heute noch in den Shows zum Einsatz. Besonders stolz ist er auf einen Setzkasten mit Souvenirs rund um die Zauberwelt, darunter Sonderprägungen von Jahresmünzen des „Magischen Zirkels".

Auf Mallorca tritt Bernár Mago hauptsächlich in Hotels oder bei Veranstaltungen auf, wo er mit seiner einstündigen Show einen Teil des Animationsprogramms bestreitet. Besonders beliebt sind auch die Kinderprogramme, bei denen er zusammen mit Clown Noni komplette Geburtstagsnachmittage organisiert, Kinderdisco inklusive.

Seine Lebensgeschichte hat er jetzt in einem Drehbuch verewigt, eine zweiteilige, teils sehr phantasievolle Geschichte. Zur Zeit hapert es allerdings noch am vierten Grundprinzip der Magie, der Durchdringung: Das Problem der Finanzierung hat Bergfeld noch nicht ganz durchdrungen. Einen Investoren konnte der Magier bisher noch nicht herbeizaubern...

Anja Marks

Bergfeld auf der Varieté-Bühne mit dem Taubentrick

WERNER BERGFELD

Kein fauler Zauberer

Das kann doch nicht mit rechten Dingen zugehen:
Deutscher Zauberer aus Thüringen lernt Russin aus Sibirien
in Tunesien kennen. Das liegt nun fünf Jahre zurück. Seit-
dem sind die studierte Ingenieurin und der zum ordent-
lichen „Unterhaltungskünstler" ausge-
bildete Zauberer privat und beruflich
ein Team. Natascha und Werner Bergfeld verzaubern ihre Zuschauer mit
verblüffenden Tricks. In der Heimat
betrieb der Mann, der in seiner Freizeit
Drehbücher schreibt, ein Zauberschloss.
Zu buchen unter Tel.: 639 03 41 55

ZAUBEREI

Sieger im Kampf gegen das Publikum

Bernàr Mago sorgt für Spannung /
Faszination Mentalmagie

VON
SABINE SCHMÖLLER

Gerade noch war die Spielkarte in seiner linken Hand. Jetzt hält er sie in seiner Rechten. Rätselhaft, undurchschaubar, überraschend. Bernàr Mago ist Zauberer. Sein Job ist es, Leute hinters Licht und in die Welt der Illusionen zu führen. Sie gehen den Weg mit und bleiben doch am Ende staunend zurück.

Zu seinem Künstlernamen „Bernàr Mago" kam Werner S. Bergfeld zufällig. auf Mallorca, macht Shows in Hotels, führt seine Kunststücke bei allen Arten von Veranstaltungen vor und begeistert sein Publikum mit faszinierenden Tricks. „Nicht nur die Kinder wollen immer wissen, wie es geht. Frauen hinterfragen auch viel."

Mago, was übersetzt „Zauberer" heißt, hat das Handwerk der Magie von der Pike auf gelernt. Mit 13 Abend das erste Mal hat er bei einem Bunten Magier gesehen. Völlig beeindruckt von den Kunststücken forderte er

Bernàr Mago mit seinem Flohzirkus, der nicht nur die Kleinen
auf den vielen Kindergeburtstagen fasziniert, die er gestaltet.

der DDR staatlich organisiert war, bekam ich die Ausbildung, die Stimm- und Körpertraining um-

sich heute noch über seinen Entschluss, nach Mallorca zu ziehen. „Routine macht mich krank. Wenn ich zau-

die Frauenkörper zu durchtrennen." Was die Zuschauer am meisten fasziniert, sind aber nicht die spekta-

Kartentricks
sind die Evergreens unter
den Kunststücken. Bei Ringspielen müssen die Zuschauer sie zusammenfügen, nur der Magier kriegt sie wieder auseinander.

Zuschauer in die Hände drücken. „Die Mentalmagie ist am anspruchsvollsten. Das ist ein Kampf gegen

---

Wir haben auf
MALLORCA
unser Glück gemacht

Sie kommen aus Guben, Mühlhausen und Ostberlin. Jetzt leben
sie in Sol de Mallorca, Palma und Alaró. SUPER ILLU besuchte 5
Ostdeutsche, die unter südlicher Sonne eine neue Heimat fanden

Vertraut Werner und Natascha (sie ist jetzt seine Assistentin) bei der Arbeit in Port de Pollenca

Verzaubert Seit 24 Jahren tritt Werner als Zauberer auf. Seit 1998 verdient er nur noch auf Mallorca sein Geld

Vergnügt Werner, Natascha und ihr Cocker Bella bummeln täglich an Palmas Mole entlang

8 | SUPERILLU Nr.28 6.7.2000

Meer, Sonne, nette Leute. Herz, was willst du mehr?" Werner Bergfeld kommt ins Schwärmen, wenn er von Mallorca spricht. Wie ihm geht es jedes Jahr rund 4 Millionen deutschen Touristen. Und viele wollen für immer bleiben: Inzwischen leben 35 000 Deutsche ständig auf der Insel, haben sich hier ein neues Leben aufgebaut.

Existenzangst bewog den 51-Jährigen aus Mühlhausen, seine Heimat zu verlassen: „Von 1976 bis 1989 war ich als Profi-Zauberer ausgebucht. Dann war Schluss. Ich sah Kollegen, die in Fußgängerzonen mit Kartentricks ein paar Groschen verdienten. Das wollte ich mir nicht antun."

Bergfeld mottete den Zylinder ein, kaufte eine Gaststätte und eröffnete 1992 in Gräfenhain (Thüringen) sein »Zauberschlösschen«. Doch die Finanzierung klappte nicht, Fördermittel blieben aus. Er gab auf, verpachtete das Lokal, ging auf Reisen: „In Deutschland sah ich null Perspektive." Er fuhr nach Tunesien, trat in Hotels auf. Und fand in der russischen Urlauberin Natascha (40) seine Zauberfrau.

Der Zufall half, als '98 auch in Tunesien Schluss war: „Ein Freund auf Mallorca meinte, ich solle dort mein Glück versuchen. Ich putzte Klinken in Hotels, bei Agenturen." Heute hat Bergfeld jede Saison rund 20 Auftritte pro Monat, unterhält Urlauber mit seinen Zaubertricks. „Die ersten Monate hatte ich Albträume, weil ich kaum Jobs bekam. Freunde liehen uns Geld, so kamen wir über die Runden. Noch heute mache ich jeden Termin, damit Geld reinkommt. Im Winter läuft nicht viel. Zwar habe ich hier nicht die soziale Sicherheit wie in Deutschland, aber wir sind sehr glücklich. Wie sage ich immer: Zu Hause bin ich da, wo meine Zauberbücher sind. Und die stehen in unserer Wohnung am Stadtrand von Palma."

Noch mehr Inselträume lesen Sie auf Seite 10▶

Verliebt
Werner und Natascha genießen die Insel. Seit fünf Jahren sind sie beruflich und privat ein Paar

SERIE

Woche für Woche erscheinen in der Mallorca Zeitung Kleinanzeigen.   Sinne Spiegel unseres Zusammenlebens. In einer Artikelfolge greifen
Mit ihrer Hilfe wird angeboten oder gesucht, sie sind in gewissem   wir einige dieser Inserate heraus und erzählen ihre Geschichte.

Von **Karl Hofer**

Seine Welt ist die Illusion, die Magie, die Manipulation. Er lässt sich fesseln und löst sich anschließend lächelnd und scheinbar mühelos aus der Verstrickung. Er liest die Gedanken eines Mediums, verblüfft seine Zuschauer mit erstaunlichen Gags. Seit 1976 ist der in der DDR aufgewachsene und einst zum Baumaschinisten ausgebildete Werner S. Bergfeld Berufszauberer. Er stand bisher bei über 5.500 Veranstaltungen in verschiedenen europäischen Ländern auf großen und kleinen Bühnen, holte sich seinerzeit in Prag an einem von über 30 Nationen beschickten Zaubererkongress mit einer Gedankenübertragungsnummer den ersten Preis in der Kategorie Mentalmagie und erhielt vor kurzem für seine 40-jährige Mitgliedschaft in der Berufsorganisation „Magischer Zirkel von Deutschland" das „goldene Zirkelabzeichen mit Rubin".

Die meisten anderen Mitglieder gehen die Woche über einem normalen Broterwerb nach - sind etwa Bankdirektoren, Polizisten, Zahnärzte, Straßenkehrer oder Chirurgen - und beschäftigen sich nur in ihrer Freizeit mit der Zauberei. Anders Bergfeld: Er machte sie trotz allerlei Widerstände schon früh zu seinem alleinigen Broterwerb. „Im Alter von etwa 13 Jahren sah ich in einem Ferienheim in Prerow an der Ostsee zum ersten Male einen Magier auf der Bühne", erinnert er sich. „Ich war von seiner Vorführung dermaßen gefesselt, dass es mich von da an geradezu magisch auf die Bühne zog."

Er begann mit ersten Versuchen, kaufte bei einer spezialisierten Berliner Firma einfache Zauberrequisiten und erste bescheidene Zaubertricks, die mitsamt den notwendigen Anleitungen geliefert wurden, und arbeitete sich geradezu versessen in die Illusionen ein. Bald begann er an Talentwettbewerben teil, ein einstudiertes Karten- und Münzentricks und einigen größeren Nummern aufzufallen. Was ihm eines Tages ein Engagement in einem DDR-Ensemble verschaffte. „Dieses Ensemble", sagt er lakonisch, „beschaffte mir Unterkunft und Arbeit als Lagerverwalter einer Baumwollspinnerei. Dazu durfte ich bei Engagements der Gruppe als Zauberer mitwirken."

In der DDR schien die Magie eine todernste und vollkommen reglementierte Angelegenheit gewesen zu sein. So musste Bergfeld, der sich in wenigen Jahren an die Spitze der ostdeutschen Amateurzauberer hinaufgearbeitet hatte und ins Berufslager wechseln wollte, zu einer gestrengen Prüfung vor einem großen Expertengremium antreten und erhielt nach bestandenem Examen eine offizielle abgestempelte amtliche Bestätigung als Berufsmagier.

Nach dem Fall der Mauer trat Bergfeld auch in Westdeutschland auf. Als sich die Wirtschaftslage jedoch zunehmend zu verschlechtern begann, wich er ins Ausland aus, zauberte beispielsweise 1996 und 1997 in den „Family Clubs" von Neckermann in Tunesien. Durch den Vermittlung eines Kollegen kam er 1998 nach Mallorca und lebt nun schon seit gut fünf Jahren in einer hübschen Wohnung in Can Pastilla, in welcher ein Zimmer ausschließlich mit Zauberei-Fachliteratur und -Geschichte angefüllt ist.

Der Start auf der Insel ließ sich scheinbar hervorragend an. Eine Agentur bot dem unter dem Künstlernamen Mago Bernar arbeitenden Bergfeld einen Vertrag mit 100 Auftritten an. Nach einem Viertel der Auftritte stiegen die Leute indessen

• Kinderparty mit Zauberer Bernar und Clown NONI, Kinderdisco, Kinderschminken, oder auch abendfüllend mit Disco. Tel.: 639.034155.

Verzauberte Welt
Der ehemalige DDR-Bürger Werner S. Bergfeld lebt von der Magie

■ Clown und Assistent Nino schminkt sich.

mit fadenscheinigen Begründungen aus. „Der wirkliche Grund", analysiert Bergfeld ohne Beschönigung, „war ganz einfach der, dass damals die Fußball-Europameisterschaften stattfanden, die Leute in jenen Wochen eben Fußballübertragungen konsumierten, und nur wenige Zeit und Begeisterung für Zaubershows übrig hatten."

Doch mit ausgeprägter Hartnäckigkeit suchte sich der Deutsche in verschiedenen Hotels der Insel seiner Engagements und fand sie. Zwischendurch zauberte er auf einer Westafrika-Tour des Kreuzfahrtschiffes „Maxim Gorki" und arbeitete viel an neuen Nummern. Dann nahm er Uwe Germer, einen Deutschen, den er zufälligerweise an einem Insel-Marktag kennen gelernt hatte, als technischen Assistenten in seine Dienste und baute mit ihm ein Kinderprogramm auf, in welchem sich Uwe in den Clown und Kinderfreund Noni verwandelt.

„Es war für mich ein Glück", sagt Zauber Bergfeld, „dass ich in jener Phase auf die Mallorca Zeitung und ihre Kleinanzeigen aufmerksam wurde und selber einen ersten Anzeigen-Versuch wagte." Mit Erfolg. Denn die Inserate öffneten ihm den Weg in private Fincas und Gesellschaften. Zauberer Bernar und Clown Noni sind seither immer wieder an unterschiedlichsten Privatveranstaltungen in Aktion zu sehen. „Sehr oft", sagen die beiden, „treten wir bei Kinder- oder zu runden Erwachsenengeburtstagen auf. Beispielsweise holte man uns kürzlich ins Hotel Ca's Xorc außerhalb von Sóller zum „Fünfzigsten" eines gut betuchten deutschen Residenten. Einem 80-jährigen Landsmann in Peguera, der gemäß seiner Familie „eigentlich alles besitzt", schenkten die Verwandten unseren Auftritt, weil sich der alte Herr stets für Zauberei interessiert hatte. Für den Jubilar war unsere Show dann offensichtlich das ganz große Ereignis des Abends."

Für eine Schrecksekunde sorgte Bergfeld dagegen bei einem Auftritt vor dem mallorquinischen Fanclub der Fußballmannschaft Real Madrid im Hotel Mardavall, als er zum Entsetzen der Clubverantwortlichen ein geradezu als heilig eingestuftes und streng behütetes altes Fußballleibchen mit allen Unterschriften einer früheren Mannschaft des berühmten Vereins einfach verschwinden ließ - um es später an einem ganz anderen Ort wieder auftauchen zu lassen.

Eine der großen Nummern im Programm von Mago Bernar ist übrigens der Todesstuhl, bei dem ihm Partnerin Juliette nervenaufreibende Nummer weltweit beherrschen. Diese nervenaufreibende Nummer soll leider ein Topmagier nicht alles. So haben Unbekannte dem Zauberer kürzlich aus seinem in der Nähe seiner Wohnung abgestellten Kleinlastwagen zwei Lautsprecherboxen, eine Bühnenleinwand, einen Zaubertisch, einen Behälter mit allen Kabeln und eine Illusionskiste verschwinden lassen ...

■ **Nächste Folge:**
Wandern mit Monika

■ **Zauberer Werner S. Bergfeld mit Ehrenurkunde.** Foto: Kai Hofer

Bier auf dem Balkon

ch bin über vier Jahre auf meiner geliebten Insel Mallorca und habe überlebt. Irgendwo hatte ich ja gelesen, dass nach drei Jahren zirka 70 Prozent aller hier lebenden Deutschen die Insel wieder verlassen haben. Teils aus finanziellen Gründen, teils aus familiären Gründen, meist aus beiderlei Gründen. Diese Hürde habe ich übersprungen.

Mittlerweile haben wir uns in den Hotels mit unserer Zauber-Show etabliert, man kennt uns und unsere Arbeit. Und auch mit unserem Kinderprogramm sind wir inselweit bekannt.

Viel ist schon über das Thema Tourismusflaute geschrieben worden. Warum bleiben die Gäste aus? Sind es nur der 11. September, die Ökosteuer und der Euro? Im Mallorca-Fernsehen sehe ich gerade, dass die Ökosteuer dieses Jahr einen Gewinn von sechs Millionen Euro bringt, man erwartet allerdings 200 Millionen Euro Verluste für die Insel. Die Konkurrenz schläft nicht und Mittelmeerländer wie Tunesien, die Türkei und so weiter haben dieselbe Sonne, dasselbe Meer.

Zitat eines Hoteldirek-

VON WERNER S.
BERGFELD

Der Autor ist Zauberkünstler und wohnt in Can Pastilla.

tors eines Vier-Sterne-Hotels: „Wir haben vier Sterne, haben unser Hotel als Drei-Sterne-Hotel verkauft und haben jetzt Zwei-Sterne-Gäste." Wollte das die Inselregierung? Ich glaube, dieser Schuss ist nach hinten losgegangen.

Ich habe zwei Jahre in Tunesien gewohnt und gearbeitet und kann mir ein Bild vom Bereich Unterhaltung und Animation machen. Liebe mallorquinische Hoteliers! Ihr spart am falschen Ende. Wer an der Unterhaltung spart, dem laufen die Leute davon. Wenn zum Beispiel das Wochenprogramm aus Bingo, Quiz, Disco und Spielshow besteht, kommt sich das Publi-

kum veralbert vor. Da kann auch der beste Animateur auf lange Sicht nichts machen.

Das andere Problem sind natürlich auch ein Teil der Gäste. Ich verstehe durchaus den Hoteldirektor, der auf die Gäste sauer ist, die sich die Show vom Balkon aus anschauen. Preislich sicherlich die günstigere Variante bei selbst gekauften Getränken.

Ich kenne auch die Meinungen der Hotelgäste: Bei diesen Bierpreisen trinke ich mein Bier auf dem Balkon. Beide Meinungen sind irgendwo verständlich. Es kommt immer auf die Seite des Betrachters an.

Mallorca ist und bleibt für mich ein Stück Heimat, hier fühle ich mich wohl. Ich schaue mir auch kein RTL II an und lese kaum „Bild". Ich erlebe Mallorca live. Wenn ich die Insel nur von „Bild" und RTL II kennen würde, wäre ich wohl nicht hier.

Trotzdem: Mallorca ist zauberhaft! Ich liebe diese Insel und auch die Mallorquiner. Lieben heißt verstehen, habe ich mal wo gelesen.

Mago Bernar

Kinderparty mit Zauberer Bernar und Clown Noni

Ist ein speziell für Kinder konzipiertes Programm mit viel Zauberei und Clownerie. Es werden Luftballons modelliert, auf Wunsch auch Kinderschminken; Animation; Kinderparty mit Disko (Preise) möglich.
Das Programm eignet sich ebenso für Geburtstagsfeiern, Kommunionen, Weihnachtsfeiern etc.

Ein Abend im Banne der Magie
Eine abendfüllende Show mit Mentalmagie, Entfesselung und viel Zauberei.
Die Show wird humorvoll mit vielen Gags dargeboten; ist als Stundenprogramm oder als Kurzauftritt möglich.

Party Zauberei-close up magic
Bedeutet - Zauberei hautnah erleben! Der Zauberer fasziniert Sie am Tisch - mit Karten - Münzen etc.

Haben Sie schon mal einen dressierten Floh gesehen?

Der Todesstuhl - Neuheit!
Diesen sensationellen Entfesselungsakt gibt es weltweit nur 5 x! Und jetzt auch auf Mallorca, Kurzbeschreibung: Der Zauberer wird auf einen Stuhl gefesselt. Über ihm hängt eine Brett mit 25 Küchenmessern an einem Seil befestigt. Das Seil wird angezündet. Nach 2 Minuten reißt das Seil. Schafft es der Magier, in 2 Minuten frei zu sein? Ein Nervenkitzel auf Leben und Tod!

Persönliches
Mago Bernar ist seit 40 Jahren Mitglied im Magischen Zirkel e.V. in Deutschland.

Seit 1976 ist er professionell mit seinem Showprogramm im In- und Ausland aufgetreten. Im Jahr 1996/97 war er in Tunesien für Neckermann in den Familyclubs tätig. Seit 1998 lebt er auf Mallorca.
Die Erfahrung von über 5500 Veranstaltungen sowie die eigene Tontechnik sind ein Garant für Ihre Veranstaltung.

Es freut sich auf Ihre Anfrage, Ihr Bernar

Tel./Fax: 971 260 403
Mobil: 639 034 155

Vor uns liegt das Jahr 2002.
...an dieser Stelle sollte eigentlich das Buch enden.

EIGENTLICH – Nun haben wir das Jahr 2006, das Buch ist immer noch nicht fertig und so kann ich die Zeit bis 2006 noch mit einbeziehen. Vieles ist passiert.

Doch der Reihe nach. 2002 lernte ich Christiana kennen.

Natalie wollte schon im August zurück nach Russland und ich war somit mal wieder allein. Dann ging alles sehr schnell.

Ab 2003 wohnte Christiana bei mir und stieg dann auch mit in das Programm ein. Sie lernte die Mentaldarbietung sehr schnell. Die Trennung von Natalie fiel mir sehr schwer. Ich habe lange Zeit mit dieser Entscheidung gekämpft.

Ich musste mich zwischen Arbeit und Liebe entscheiden und weiß bis heute noch nicht, ob meine Entscheidung gut war. Das ist eigentlich sehr privat, was ich hier von mir gebe. Aber es musste mal raus.

Am 21.11.2003 starb meine Mutter im Alter von 97 Jahren. Kurz vor ihrem Tod sagte sie zu mir: „Christiana ist eine tolle Frau – aber du wirst irgendwann zu Natalie zurückgehen. Ich werde es nicht mehr erleben, aber die Zeit wird es zeigen."

Vom 29.06.2004 bis zum 6.08.2004 hatten wir drei Engagements auf der MS Delphin. Unsere erste Fahrt ging über die Shettland-Inseln nach Island. Weiter nach Spitzbergen-Nordkap-Norwegen und zurück nach Hamburg. Die zweite und dritte Fahrt waren fast identisch: Kiel-Stockholm (eine wunderschöne Stadt), Tallin / Estland, St.Petersburg / Russland-Riga, Lettland-Klaipede, Litauen-Gdynia / Polen und zurück. Drei sehr schöne und unvergessene Fahrten, die ich zusammen mit Christiana erlebt habe. Zwischendurch hatten wir noch eine Havarie mit einem Eisberg im nördlichen Eismeer (im August) und mussten noch vier Tage ins Trockendock zur Reparatur.

Christiana ging Ende Mai 2006 zurück nach Deutschland. Sie versucht, in Deutschland wieder Fuß zu fassen. Wir haben

immer noch guten Kontakt. Für die Show fand ich einen sehr guten Ersatz: Die Russin Alla Stroganova, aus der auf der Bühne dann Bernadette wurde. Sie ist gelernte Tänzerin und war viele Jahre im Moissejew-Ensemble (Aushängeschild der früheren Sowjetunion, wer hier war, der hatte es geschafft). Ich hatte nie zuvor eine so professionelle Assistentin wie sie.

Ende Februar starb mein ehemaliger Techniker und Clown für das Kinderprogramm Uwe im Alter von fünfzig Jahren an Krebs. Niemand konnte ihm mehr helfen. Wenn man die letzten Wochen eines Menschen miterlebt, der zum Sterben verurteilt ist, ist

das schon eine grausame Erfahrung. Er war sechs Jahre bei mir, wir verstanden uns in vielfacher Hinsicht prima. Uwe starb am 28.02.2006, und es war eine Erlösung für ihn.

Die Asche der Urne kam ins Wasser in der Nähe von Arenal, es war sein Stammplatz, an dem er öfter saß und las und vergaß. Nach dem Bulgaren Alex – er kam kurzfristig für ein Jahr dazu-, kam Maik neu ins Team. Maik war früher Lokführer, gehörte zur Schwimmerolympiaauswahl der DDR. Er war Beamter und dann Animateur im Senegal. Nun ist er der Techniker und ich bin sehr zufrieden mit ihm, denn er ist der beste und professionellste, den ich bisher hatte.

Noch mal zurück zum Tod meiner Mutter. Ich erbte etwas über 5000 EURO von ihr. Bezeichnenderweise war meine Mutter auch bei der Sparkasse Mühlhausen. Bei der Sparkasse hatten wir – mein Bruder, meine Schwester und ich -, einen Termin. Zunächst erklärte uns ein kleiner Sparkassenangestellter mit heuchlerischer Miene sein aufrichtiges Beileid. An seinem gequälten Gesichtsausdruck ahnte ich bereits, dass da noch irgendeine böse Gaunerei kommt. Dann erklärte er mir im Nebenzimmer, dass mein Anteil allerdings von der Sparkasse einbehalten werde müsse betreffs Forderungen Zauberschlösschen etc. Ich werde mein Leben lang wohl keine Ruhe vor diesem hochangesehenen Geldinstitut haben. Aus meiner Sicht sehe ich das als professionelle Gemeinheit an und es wird der Tag kommen, an dem sich die dafür verantwortlichen Personen zu rechtfertigen haben.

Allerdings wird es sehr schwierig sein, sich mit einer Bank juristisch zu messen. Diese haben das Geld und können jeden Anwalt bezahlen und ein Verfahren bis zum Sankt-Nimmerleinstag in die Länge ziehen.

Hier auf der Insel habe ich gerade beim mallorquinischen Fernsehsender IB3 einige Termine gehabt. Die Sendung heißt „tres y mes" und bedeutet so viel wie „drei und mehr". Erinnert mich sehr an meinen alten Heimatsender mdr mit der Sendung „hier ab 4". Der Auftritt ist für mich ein „Enment". Das ist ein Engagement, bei der der Wortteil „gage" fehlt. Lach. Aber es brachte mir viel Zulauf, mein Bekanntheitsgrad stieg und viele sprachen mich extra wegen der Sendung an. Die Sendung läuft ab 15.00 Uhr und ist live mit Publikum. Ich spreche alles auf Spanisch und die gesamte Atmosphäre ist gut.

Im Übrigen schaue ich zuversichtlich in die Zukunft. Ich habe das ganze Problem mit der Sparkasse in Mühlhausen überlebt, wohnte zwei Jahre in Tunesien und bin nun angelernter Spanier. Irgendwie bin ich ja immer wieder auf die Füße gefallen. Und darauf verlasse ich mich. Ich, der Steinbock.

Resümee: Dank meines Berufes, der Zauberei, habe ich viele Länder gesehen, habe viele Leute kennengelernt, wichtige und weniger wichtige.
Ich habe so gar schon für den König gezaubert.
(Für den Wurstkönig)
Schöner Gag, der immer wieder gut ankommt, wenn man nach Referenzen gefragt wird.
So gesehen habe ich viel erlebt - Gutes und Schlechtes, Positives und Negatives.
Einen Staat habe ich ebenfalls überlebt. Mich gab es vor der DDR (Jahrgang 1948), und mich gibt es heute noch.

Ich habe viele Fehler gemacht, aber auch viel dazu gelernt. Sicherlich würde ich heute einiges anders machen, man lernt ja bekanntlich aus Fehlern.
Mein Hobby ist mein Beruf, was will ich mehr? Es war häufig nicht einfach, zu überleben. Aber was ist schon einfach?
Eines weiß ich jedoch ganz genau: Sollte ich noch einmal auf die Welt kommen, dann werde ich wieder Zauberer.

Zeit für Statistik
(so viel Zeit muss sein)

 m Laufe der Jahre kam eine hübsche Sammlung an Büchern und Fachzeitschriften über Zauberei zusammen.

Die gängigsten deutschsprachigen Zeitschriften sind: MAGIE, ZAUBERKUNST, MAGISCHE WELT, INTERMAGIC, ALADIN, MAGISCHE BIBLIOTHEK VON CONRADI HORSTER.

Ich besitze fast alles komplett seit dem ersten Jahrgang, meine magische Bibliothek umfasst circa fünfzehn laufende Meter und es finden sich auch viele internationale Bücher und Zeitschriften dabei. Ganz besonders stolz bin ich auf meine KALANAG Sammlung.

Diese Zaubersachen habe ich sicherungsübereignet. Man kann ja nie wissen, auf welche Gedanken manche Personen noch kommen, und ein Scheingeschäft ist das auch nicht, weil ich Schulden in Überzahl habe; Meine „Hausbank Manfred" (ein pensionierter Gerichtspräsident) wird es bezeugen und etwaige Ansprüche abzuwehren wissen.

Einmal fragte mich ein deutscher Urlauber, wo meine Heimat sei.

Antwort: „Meine Heimat ist da, wo meine Zauberbücher stehen.“

Noch zwei lustige Stories zum Thema Zauberei, die mir im Nachhinein noch eingefallen sind und die ich Ihnen nicht vorenthalten möchte:

Eine zum Thema Stasi: Wir hatten ein Programm für das MDI (Ministerium des Inneren) in einem Ferienheim. Wir zeigten unsere Mentaldarbietung (Hellsehen). Die Partnerin steht auf der Bühne und weiß einfach alles, obwohl ihr die Augen verbunden wurden. Ein Höhepunkt dieser Darbietung ist, wenn die Partnerin auf Zuruf jede gewünschte Telefonnummer nennen kann (alle Telefonbücher der DDR standen zur Verfügung). Das interessierte natürlich auch den Chef dieser Veranstaltung. Und so forderte er mich nach der Veranstaltung zu einem „Duell" heraus. Wenn die Partnerin ja alles weiß, dann wüsste sie natürlich auch seine Dienst-Telefonnummer, die er seit kurzem neu hat. Nach kurzem gespieltem Überlegen nannte sie ihm die Nummer laut und deutlich und natürlich auch richtig. Sein Gesicht sprach Bände. Natürlich war die Nummer streng geheim und nur wenigen bekannt. Aber durch einen kleinen Trick und gesunde Beobachtungsgabe kam ich vorher an sein „großes Geheimnis". Diese Runde ging an uns, er war platt. Ich denke, er hatte am nächsten Tag eine neue „Geheimnummer".

Und noch eine lustige Begebenheit zum Thema Mental: Nach der Show kam eine Frau zu uns und wollte unbedingt von meiner Partnerin wissen, ob ihr Mann schon mal fremdgegangen sei. Dieser stand hinter seiner Frau und schüttelte ganz aufgeregt verneinend den Kopf hin und her.

Ich bin seit 1963 im Magischen Zirkel von Deutschland.

Habe in meinem Leben bisher fast 6000 Mal auf der Bühne gestanden (Stand Ende 2006).

In dieser Zeit fuhr ich 31 Autos vom F8 bis zum Ford Transit.

Da ich immer über die gefahrenen Kilometer Buch führte (hier kommt mein Vater als Hauptbuchhalter wieder durch), komme ich im Laufe der Zeit auf über eine Million Kilometer.

Und immer nüchtern gefahren!!!

Im Laufe der Zeit arbeitete ich mit vielen Assistenten und Assistentinnen.

Deshalb ein besonderes Dankeschön an die vor und hinter der Bühne:

Mathias Gebhardt, Thomas Gebhardt, Ulrike Gebhardt (geb. Enenkel), Siegbert G. Löffler, Dieter Schauerhammer, Alfred Grabe, Tobias Bergfeld, Marietta Bergfeld (jetzt unter anderem Namen verheiratet), Margitta Bergfeld, Karim Wahida Sabah (Tunesien), Natascha Boulatova (Russland), Christiana Schaller, Alla Stroganova (Russland).

Als Clown Noni im Kinderprogramm arbeiteten mit mir Marietta, Dieter, Alfred, Tobias, Karim, Natascha und Uwe (gest. 28.02.2006).

Auch ihnen mein besonderer Dank.

Techniker waren Peter, Dieter, Ön, Tobias, Harald, Mohamed (Tunesien), Uwe, Alex (Bulgarien) und Maik, denen ich sehr verbunden bin.

Im Laufe der Zeit entstanden folgende Programme:
- Zauberer Werner und Clown Noni
- Tempo, Täuschung und Musik
- Zaubern müsste man können
- Spaß Humor und Gags am laufenden Band
- EURABIA Show

- Magic International
- Ein Abend im Banne der Magie / Un noche de magia con
- Bernar & Natalie
- Bernar & Juliette
- Bernar & Bernadette

oder mit unseren Darbietungen bzw. Programmteilen:
- Mentaldarbietung mit Telefonbüchern
- Autoblindfahrt
- Entfesselungsdarbietung mit Dieter White
- Entfesselung am brennenden Seil mit Sohn Tobias

Durch die Zauberei habe ich folgende Länder kennengelernt:
DDR, BRD, CSSR, Polen, Ungarn, Österreich, Schweiz, Frankreich, Tunesien, Türkei, Italien, Spanien, Marokko, Senegal, Gambia, Guinea, Elfenbeinküste, Togo, Benin, Ghana, Island, England, Norwegen, Schweden, Estland, Lettland, Litauen, Russland.

Ich lebte zwei Jahre in Tunesien und nun seit über acht Jahren in Spanien / Mallorca.

Dankeschön an alle Assistentinnen, Assistenten und Techniker und die vielen Helfer hinter den Bühnen, an die Werkstätten, die meine Autos (DDR Zeit) immer wieder hinbekommen mussten.

Und ein besonderes Dankeschön meinen beiden Ehefrauen Marietta und Margitta, die es wahrlich nicht immer leicht mit mir hatten, sowie Natascha und Christiana, mit denen ich in eheähnlichen Verhältnissen lebte (neudeutsch für „Lebensabschnittsgefährtin")

Dankeschön, Merci, Schukran, Bolschoi Spassivo, Muchas Gracias.

Vorangestellt gilt mein Dank aber besonders folgenden Personen, die an der Entstehung dieses Buches mitgewirkt haben: Meinen Eltern (die haben mich ja gezeugt) sowie Herrn Bruno Kießling vom ehemaligen Ensemble in Mühlhausen und den vielen freiwilligen Helfern auf und hinter der Bühne.

Zeit für ein paar Worte zum Abschluss

U m Zauberer zu werden, ist es nicht Pflicht, im Magischen Zirkel von Deutschland zu sein. Aber ich würde es UNBEDINGT empfehlen. Ohne den MZvD, damals gehörte ich dem Zirkel in Erfurt an, wäre ich niemals so weit gekommen.

Geschäftsstelle des MZvD geiss@mzvd.de

„Nicht was, sondern wie, das ist die Kunst der Magie." Goethe Sollten Sie Interesse haben, Zauberer zu werden, denken Sie bitte immer an diesen Spruch. Die Kunst liegt im Detail.
David Copperfield ist bestimmt vielen bekannt durch die großen Illusionen. Und welcher Trick wurde von den amerikanischen Journalisten als der Beste gekürt? Misled – ein Bleistift durchdringt einen Geldschein, ohne ihn zu beschädigen.

Ich habe in diesem Buch versucht, ein wenig das Leben eines Zauberers hinter dem Vorhang zu beleuchten. Meine Zuschauer sahen immer nur den Zauberer auf der Bühne vor dem Vorhang. Nun hatten Sie auch einen privaten Einblick in das Leben eines Zauberers mit allen Höhen und Tiefen.

Sollten Sie mich mal irgendwann, irgendwo live bei einer Show sehen, dann kommen Sie bitte nach dem Ende zu mir.
Sagen Sie einfach: „Ich habe Ihr Buch gelesen."

Und ich werde antworten: „Ach, ………… Sie waren das?"
In diesem Sinne

Ihr Bernar

Quellennachweis

Ich bedanke mich beim Präsidenten des Magischen Zirkel von Deutschland, Herrn Wolfgang Sommer.

Ich bedanke mich bei Herrn Wittus Witt.

Ich bedanke mich bei meiner alten Heimatzeitung, der „Thüringer Allgemeinen „.

Ich bedanke mich bei der „Superillu" 28 / 2000, Seite 8 ff.

Ich bedanke mich bei der BILD Erfurt.

Ich bedanke mich bei der Mallorca Zeitung.

Ich bedanke mich beim Mallorca Magazin.